羅蘭巴特論羅蘭巴特

Roland Barthes Par Roland Barthes

著 —— 羅蘭巴特 (Roland Barthes)

譯 —— 劉森堯

校閱 —— 林志明

桂冠圖書

目　錄

書寫・想像・自我
有關 RB ❶

林志明

書　寫

1. 巴特反對方法主義的寫作方式有兩種：
長的形式和短的形式。

1.1 為何反對方法主義？
方法主義即是後設語言至上，知識份子的權力想像。

1.2 所謂長的形式是指小說（roman），或者無寧說「傳奇」（romanesque），「不成其為小說的傳奇記載」（le romanesque sans le roman）。巴特在 1971 年接受訪問時說：

> 未來真正會引誘我的，將是寫作我所謂的「不成其為小說的傳奇記載」，沒有人物的傳奇：生命的書寫。❷

---

❶ RB 在此是指《羅蘭巴特論羅蘭巴特》（*Roland Barthes par Roland Barthes*）一書。本書初稿為劉森堯先生所譯，經筆者校閱後，已進行多處更改及重譯。事關文責，特此聲明。

1.2.1 有關小說和傳奇之間的註腳：

意識型態體系乃是一些虛構故事（培根會稱他們為「劇場
中的幽靈」），一些小說 — 但那是古典小說，充滿了故
事情節，危機、好人與壞人（「傳奇」完全是另一回事：
一種未加結構的切割，種種形式的佈撒：馬雅幻象
（maya））。❸

1.2.1.1 除了權力問題之外，反對小說的另一個理由是美
學意謂上的噁心：反對一切「凝固」的事物。

虛構故事，便是語言達到某種縝密度，這時它違反常例地
地的凝固了，並且發現了一群教士階級（祭司、知識份
子、藝術家）來為它共同地宣說和傳佈。❹

1.2.2 第二個註解：以音樂為模型來瞭解「不成其為小說
的傳奇記載」：

利用簡短的片段，提鍊出永遠新鮮的話語，強烈、動態、
不固著於特定位置，這便是浪漫派音樂中的幻想曲曲風，
比如舒伯特或舒曼的幻想曲。Fantasieren 乃是同時想像和
即興演奏。簡言之，幻想，便是生產傳奇而卻能不建構一

---

❷　GV, 124.
❸　PT, 46.
❹　Id.

部小說。甚至連篇的抒情歌曲，也不是在述說一則愛情故事，而只是一段旅行：旅程中的每一個時刻像是回轉在自身之上、盲目似地、不向任何普遍意義、宿命意念、精神超越開放：總之，是純粹的漫遊、無目的性的流變：而一切，會儘可能地、突然且無限地、重新開始。❺

傳奇因此回歸於片段性的連篇寫作。

1.3 另一個對待小說的方式是「虛擬」：假裝我正在寫一部小說，甚至只是進入了準備的階段，便可接受到它的好處了：

那麼我是不是要寫一部小說了？我不知道。我不知道我慾求的作品，是不是還有可能稱之為「小說」。我過去的作品清一色都是知識性的，我期待它能打破這一點（即使我寫作中的一些傳奇成份變動了其中的嚴謹性）。這部烏托邦式的小說，重要的是我裝作「彷彿」我必須寫它。在這兒我便回到方法的問題上來了。事實上，這麼一來，我把自己放在「製作」事物的人的位置上，而不再是「談論」事物的人的位置上；我不是在研究一個產品，我承擔了一個生產；我取消了以論述為對象的論述；世界不再以對象的方式呈現在我面前，而是出現為寫作的形式，也就是一種實踐的形式：我進入了另一種知識的形式（屬於業餘愛

---

❺　OO, 257.

好者的）。**❻**

　　因此，談論小說，其實涉及的是書寫者的主體位置，也就是它和客體關係之間角度的轉變，而不是真的希望進入小說傳統的所有形式（那很容易是意識型態的）：是世界和語言間的路徑，而不是語言產品的結構形式。

　　1.4 RB 中的第一句話**❼**，可以用這兩個角度來閱讀：

　　*所有這些應該看成為某一小說中人物所說。***❽**

　　如果說 RB 裏有一部小說，這並不是強調虛構、再現真實性等問題（這樣說的同時也把 RB 看作是一部自傳了），而是預期有傳奇（romanesque），即片段的連接，然而不構成其為小說，即凝固論述，自傳性文本建構。第二個讀法是，這句話是為作者本人而說的，即是方法上的和事件關係上的選擇：「*世界不再以對象的方式呈現在我面前，而是出現為寫作的形式。*」

　　2. 短的形式，以片簡（fragment）的形式為中心，具有

---

❻　　BL, 325.
❼　　在 1975 年的版本中，這句話被放在封面裏，成為讀者所讀到的第一句話。
❽　　RB, 5.

一系列的變形。

2.1 短篇寫作形式不只是片簡而已。但巴特把它當作自己長期以來的寫作基調：

> 他的第一個文本，或大約可稱爲如此的文本（1942年），
> 都是一些片段的文字，他以紀德式的說法來爲自己辯護：
> 「因爲不連貫至少比產生扭曲的秩序來得好」。事實上，
> 之後他就不斷地撰寫短篇文字：《神話學》和《符號帝
> 國》的小幅圖畫式的文章，《批評文集》的論文和序言，
> 《S/Z》的閱讀單元，《米希列》的摘引片段，《薩德
> II》和《文本的歡悅》的片段寫法。❾

當然這裏還要加入後來《戀人絮語》中的心理劇場，
《突發事件》（*Incidents*）中的日記等形式。

2.1.1 意義的構成是一種粘合的狀態（lié），而這正是巴特拒絕的。1970 年他向 Raymond Belllour 如此說：

> 面對論文，論文式的呈現，我現在覺得有一種疲憊，接近
> 噁心的感覺，無論如何絕對是無法忍受，也許這只是純粹
> 個人的和暫時的。❿

---

❾　RB, 117.

❿　GV, 72.

1977 年，他更明白地說明了這一點：

就我個人的研究主題而言，片簡並非和整體在選項結構中作對立，它的對立面是連成一氣的鋪面（la nappe）、連續、以不間斷的無盡方式流瀉之物。而它在知識上，漫畫般的滑稽形式、或說鬧劇形式的一個例子，便是論文，或是起承轉合式的開展。⓫

2.2 不連貫性因此是同時短篇寫作的特色和目標。

RB 不僅是片簡寫作，即不連續寫作的代表作之一，同時也是在片簡中將片簡理論化的企圖，這一點和德國第一浪漫主義相同。

2.2.1 德國浪漫主義之片簡其實指向全體（「片段乃是全體唯一可能的知識形式」），巴特的片簡則暗地裏挑戰這樣的思想。在每一次開始的新鮮和焦慮裏，刻意地迴避典型結尾的完整意識。這不是開放性的結尾，因為即使是開放性的結尾，仍然是結尾。RB 希望片簡只有最後一個句子，但不是結尾的句子。

他既然喜愛發現及書寫文章的起頭，他因而企圖擴充此一樂趣：這是為何他書寫片段文字：有多少篇片段，便有多少文章起頭，也便有多少的樂趣（他不喜歡結尾：想要作

⓫　CE, 220.

出修詞性結尾的風險太大了：害怕不知道如何抵抗想寫最後斷言，最末一句對白的誘惑）。⓬

2.3 在 RB 一書中，存有兩種典型的的片簡書寫形式。在片簡和片簡之間，巴特採用了字母順序，產生了間隔。在片簡的內部，則是採用了陳述的單純並列（parataxe）。這都是去除各單位間的層級、連續性、開展性的手法。簡言之，也就是粘合的狀態的破除。

2.3.1 然而這一點不見得能夠執行得多麼徹底：除了單純並列式的寫作在許多片段中不是被論証或述敘破壞之外，在依字母順序排列的片簡之間，仍然形成小形的系列：除了有關「片段」的部份之外，比如〈文字的工作〉一節（p. 144），便是前面四個片段的綜合總結⓭。

2.4 另一種短篇寫作形式也穿插地出現在 RB 之中。這是短小的敘述性片段。除了它們和自傳體裁的糾葛之外，其中主要包含三大類型：清醒之夢、日記、回憶。

2.4.1 清醒之夢(hypar)和凡俗之夢(onar)是一個源自希臘的區分。清醒之夢指的是一種清晰而又具有預言力量的視象

⓬　RB, 118.

⓭　Philippe Roger, *Roland Barthes, Roman*, Paris, Grasset, 1986, p. 212.

⓮ 。

巴特曾在《戀人絮語》之中加以應用：

> 將意識本身轉變為麻藥，透過它，接駁上無剩餘的真實、偉大的清晰之夢、預言般的愛。**⓯**

2.4.1.1 論者曾認為展開 RB 全書的母親肖像乃是清醒之夢的最佳代表**⓰**。我覺得我們也可以考慮全書最後一個片簡：

> 8 月 6 日，在鄉下，這是一個晴朗天氣的早上：陽光、燠熱、花、平靜、安詳、光芒。沒有慾望，沒有侵略性，無一間蕩。擺在我面前的，只有工作，好像是一種永恒的存在：一切都很圓滿。**⓱**

2.4.2 有趣的是，這個載有日期的片段，本身又像是一段日記擇抄。而且它的日期十分特別，因為我們下面立即讀到 RB 這本書的寫作時間：1973 年 8 月 6 日至 1974 年 9 月 3 日。所以這段片簡應該可以說是最早寫出的一段，但被放在文末的位置。

⓮ Bernard Comment, *Roland Barthes, vers le neutre,* Paris, Christian Bourgois, 1991, p. 88.

⓯ FA, 72.

⓰ Bernard Comment, *Roland Barthes, vers le neutre, op. cit., pp.* 91-92.

⓱ RB, 182.

2.4.2.1 這個作法接近普魯斯特的《往事追憶錄》，整個敘事在最後形成了一個圈環，結束即是開始。然而《往事追憶錄》也代表了巴特最心儀的小說形式：「《追憶》一書所有奢華的努力，乃是要將憶起的時間，由傳記虛偽的永恒性中抽取出來。」⑱

2.5 至於回憶，這個主題和下面兩章比較相關。但我們在此可以指出，RB 之中出現的回憶片段集合（見「停頓：回顧」一節，pp. 135-138），不但本身是一些碎片式的印象和回憶（由攝影中取得靈感的片刻書寫法），因而符合「由綿延中抽取時間」的構想，也因為巴特最後加上了理論性反省的框架，而和其它相鄰的片簡斷開，同時又和許多迴旋不去的主題（俳句、傳記元素 biographémes），遙遙地共鳴著。

2.5.1 這個共鳴的基準音來自巴特為何選擇撰寫短篇文本的終極理由：意義之空缺，象徵程序之中斷。「上述這些回顧的片段多少有些黯淡（無意義：不受意義沾染），越是用黯淡的手法處理，越不和想像掛鉤。」⑲ 而俳句乃是「『在事實之前的醒覺』，將事物掌握為事件而非物質，觸及了語言來到之前的彼岸」⑳ 。

---

⑱　BL, 317.
⑲　RB, 138.
⑳　ES, 101.

想　　像

　　1. RB 同時是一本形像（images）和想像（imagenaire）
之書。

　　1.1 形像的系列很巧妙地停止在進入成年的階段，之後
唯一一張不是和工作有關的照片，便是系列中的最後一張：
1974 年由 Daniel Boudinet 所拍攝的著名照片，巴特穿著風
衣，正在為香煙點火（p. 48）。

　　1.1.1 這一系列的私人照片，巴特都設法用反諷性的文字
來中和其中可能產生的傳統自傳意味。唯有這一張照片的處
理頗為不同。它只有一個小小的標題：左撇子。

　　1.1.2 其實這裏出現的是一個複雜的文字、形像組合。它
涉及「作家形像」，作家傳記的基本問題：

> 這一代人有誰會抄襲這樣的姿態（而不是作品），口袋裡
> 帶著一本筆記簿，滿腦子裝著一些句子，獨自行走於人群
> 之中？㉑

　　1.1.3 這一張照片的社會命名，原來可以是「孤寂的作

㉑　RB, 95.

家」。這樣的說法，由前面所引的海涅之詩來看，更為清楚。海涅在詩裏把「在北方，有一棵孤獨的松樹」，和「在陽光普照的國度裡」，「一棵漂亮的棕櫚樹」，對立了起來。我們在詩旁看到了棕櫚樹的形像，接下來便是作家的身影。這照片是否題名「北國之松」較為恰當？

1.1.4 在「左撇子」這一段裡，巴特寫道：

這種排斥是溫和的，沒什麼後果，被社會地容忍…像是印上一道穩定不移的皺摺：終於習慣下來，並且繼續。㉒

這似乎是迂迴地說，身為作家，就像是左撇子，被人「溫和地」排斥，但也不嚴重㉓。倒是有一個後果，和寫作有關：「我繪圖時用右手，但是上色彩則用左手」（p. 124）。這一條說法給了RB一書中出現的許多「跡畫派」塗鴉一層新的意義。

1.2 巴特還出現在一張集體肖像之中，那是一張結構主義四人幫的著名漫畫，緊接著巴特自評式的總結片簡〈階段〉而來。巴特如此評論這張圖像：

結構主義的流行時尚：流行直到軀體，由此我像鬧劇或漫

㉒　RB, 124.

㉓　以上可參考 Philippe Roger, *Roland Barthes, Roman, op. cit.,* pp. 195-200.

畫一樣回到我的文本。某種集體的「本我」取代了我自以為是的自我意像，我就是這個「本我」。**㉔**

1.2.1 在這裏，我們或許可以小小地總結說，形像的「想像」問題是社會性的：「他無法忍受自己的形像，他為定名所苦。」（p. 49）形像便像是形容詞，是我們化約一個真實個體的工具：「他認為人類之間的完美關係，定義在這個意像的空隙之間：抹除其間的形容詞。」（同上）

1.2.2 這個社會性的形像，還有另一個名稱：Imago。

索邦大學的教授 R. P. 過去曾罵我是騙子，T. D.卻誤以為我在索邦大學任教。**㉕**

2.1 R. B.一書中的另一個想像則更為複雜，那是書寫的想像。

巴特在「補綴」一節中談論了整本書的寫作計劃：

自我評論？多麼無聊！我沒有其他解決方式，我只有自我重寫－從遠處，從很遠處－從現在：在我的書上，在一些主題上，在一些回憶及在一些文本上，我增添另一個發言位置，但我不知道是從我的過去，還是從我的現在發

㉔　RB, 186.
㉕　RB, 75.

言。我因此在已完成的作品上，在身體上以及過去的整體成品上，不更動結構，只添加一些補綴式的百衲布，像一條棉被上補綴著一些新花樣。我並不加以深入，只停留在表面，因為這只牽涉到我（大寫的我）；深度是屬於他人的範圍。㉖

2.1.1 要瞭解這一段話，首先必須瞭解這本「書」在現實上出現的樣態和限制：它身處於法國色伊出版社「永恆的作家」系列。這個系列的書名都是某某作家論某某作家，比如「波特萊爾論波特萊爾」，或是巴特自己寫過的「米西萊論米西萊」。也就是說，書本真正的作者隱身於引述句的巧妙組合背後，讓被評論者「自己說話」。一方面這種引述句組合的寫作方式有其迷人之處，二方面它又像是在推崇一種「透明」的發言位置。

2.1.2 《巴特論巴特》的計劃，使得系列的整個秩序產生了紊亂。首先這是真正的巴特論巴特，而不是另一個人利用巴特的引句作為面具來談巴特。接著，這麼一來，原來是一種不敢說出自己真面目的評傳性寫作，似乎便要往「自傳」這個文類傾斜了。

2.1.3 巴特之所以「感到無聊」，應當是用一種貌似極主觀的方式，表示不願意玩原先的面具遊戲。的確這會使得情

㉖　RB, 181.

況變得頗為荒謬：巴特剪裁一些自己的句子來評論自己；但另一方面，他並沒有離開原先的遊戲規則太遠：他在自己的原有的材料上，加上了新的發言位置，也就是 RB 的「<u>我、你、他</u>」的發言位置變換裝置。

2.1.4

集子的名稱（某某論某某）有一個分析性的後果：我自己論我自己？可是，這就是想像進行的方式！**㊼**

2.2 <u>文字的想像在書中有兩個危險，一是表達性書寫，自傳的媒介透明神話，二是心理退化，自我迷戀</u>。然而這是代價，巴特的文本由此走入一個前面他無法用「教授、知識份子」這兩個身份達到的境地 — 感情（affect）。

2.2.1 雖然想像域有這樣的危險，巴特也使用了各種<u>距離化的手法來因應</u>，但想像也同時有一個正面的作用，也就是作為中介，<u>使得感情的寫作成為可能，特別是有關身體的想像</u>。

2.2.1.1 在這個時期我們仍可看出巴特對<u>感情性書寫的不安</u>（如 p.79 和下面一段引文），但這個不安會逐漸地消失，直到《明室》最後直接地流露。主體不再離散隱藏於發言位置的裝置距離之中，明白直接地說出了「我」。

㊼ RB, 194.

2.2.2 這裏也許便是巴特的抵抗之處：

他的「觀念」和現代化有關，甚至離不開所謂的前衛派（主體、歷史、性、語言），但他抗拒他的觀念：他的「我」，理性的凝結物，不斷在抗拒。無論他曾經創造了多少的「觀念」，這本書絕不是一本在闡述他的觀念的書，這是一本「我」的書，一本描寫我如何抗拒我自己觀念的書。這是一本「向後轉進」（récessif）的書。㉘

自　我

1. 如果 RB 有什麼樣的意識型態，那便是一個有關自我的意識型態：自我乃是「文本的效應」。

1.1 這是一個分裂的自我，一個必然分裂而離散的自我。所有的「我、你、他」的發言遊戲可以由這個意識型態出發來觀看。但最早它已在圖像中出現了：

我仿佛跌入了一場有頭緒的夢境，我感覺照片中的我、牙齒、鼻子、頭髮、腿上的長統襪、瘦弱的身軀等等都不再

㉘　RB, 151-152.

屬於我，但也不屬於任何人，我從此陷入一種令人憂慮的熟悉狀態，我看到主體的裂縫（非言語所能形容）⋯㉙

1. 2 巴特有一段話可以作為這種自我書寫的自我評價。他在這裏評論了全書開頭那一句話：

> 所有這些可以看成是小說中的一個角色所說的話 — 或是由好幾個角色所說。因為想像乃是小說的必要原素，像堡壘裡的迷宮，敘述的人不小心自己就迷失在其中。想像戴有幾個面具（假面 personae），依場景的深淺分為幾個等級（但無人 personne 藏在背後）。本書並無選擇，它以輪替的方式進行，依簡單的想像噴發以及批評發作前進，但批評本身只是迴響的效果：（自我）批評，乃是最具想像性質的。因此，本書的素材，終究完全是帶有羅曼史性質的。在論文的論述中，第三人稱的闖入卻不指涉虛構人物，只是標指出我們有必要重新修正文類：論文承認它的寫作幾乎像小說：一本沒有專有人名的小說。㉚

2. 似乎我們自己這篇的引述性寫作也可以到此告一終結，因為前面的所有主題都已在此會合出現：傳奇性寫作、想像、自我等等。然而在結束之前不妨考慮這三個句子：

> 我如果不寫作，就什麼都不是。然而我卻在別處，而不在

㉙　RB, 7-8.
㉚　RB, 152.

我寫作的地方。我比我所寫的東西更有價值。**㉛**

2.1 如何談論這三句話呢？作家幻想最執拗的表現嗎？傳記元素的合法性地辯護嗎？我想還有一個我們一直未加深究的形像隱含在這裏，那便是讀者。RB 總是在呼喚一群理想的讀者。既然好的文本是可寫的文本，巴特理想中的讀者也是作者。然而在一個商業世界裏，整個景像轉成了可笑的「漫話」版：

> 我生活在一個發射傳播的社會（自己即如此）：我遇見的每一個人或寫信給我的人，都會跟我談一本書、一個文本、一個總結、一份抗議書、一張演出或展覽的邀請函等等。書寫或創造的樂趣，到處在壓迫我們；但因爲這個網絡是商業性的，自由創造仍是壅塞的、瘋狂的、有如神經錯亂。大多時候，一些文本或一些演出都超乎人們的需求，大家互相攀結「關係」，但這種關係既非友誼，更不是伙伴關係；在這種寫作的大量流射之中，我們可以看到一種自由社會的烏托邦景觀（樂趣的流動不必依賴金錢），在今天轉變爲一種末世景像。**㉜**

2.2 前面這一段話，隱藏著一個解讀 RB 的關鍵字：朋友。巴特說，書寫 RB 時，他一直在思考尼采所提出的「道德性」命題。後來他相信他是在友誼之中找到了解答。從這

㉛　RB, 217.
㉜　RB, 98-99.

裏也出現了全書最後寫成的一段片簡：

> 然而，友誼的宗教中只賸下儀式的迷人魅力，他喜歡保留
> 友誼的一些小小的儀式：和某一位朋友慶祝一件工作的完
> 成，憂慮的解除：儀式的舉行爲事件加碼，雖然增加無益
> 的補充，他卻會感到某種反常的樂趣。因此，這段文字在
> 此最後階段神奇地寫出，就算是一種題獻之詞吧（1974年
> 9月3日）。㉝

㉝　RB, 79.

縮寫表(依出現序)
RB=《羅蘭巴特論羅蘭巴特》中文版。
GV=*Le grain de la voix*, Paris, Seuil, 1981.
PT=*Le plaisir du texte*, Paris, Seuil, 1973.
OO=*L'obvie et l'obtus*, Paris, Seuil, 1982.
BL=*Le Bruissement de la langue*, Paris, Seuil, 1984.
CE=*Colloque de Cerisy. Pretexte : Roland Barthes*, U.G.E. coll. 10/18, 1978.
FA=*Fragments d'un discours amoureux*, Paris, Seuil, 1977.
ES=*L'Empire des signes*, Genève, Skira, 1970.

譯　例

　　一、本書係依法國巴黎 Seuil 出版社 1995 年所出版之《羅蘭巴特論羅蘭巴特》(*Roland Barthes par Roland Barthes*)（原書初版於 1975 年）一書迻譯而成。

　　二、這不是一本自傳，充其量可以說是「自述」，但也不盡然，因為巴特幾乎很少談到什麼自己的生平，他只是不斷援引幼時的故居，以及童年生活的點滴，僅此而已。以他謙和的個性而言，他必定認為自己一生的行徑乏善可陳。的確，除了年輕時生過一場肺病，65 歲時死於一場莫名其妙的車禍，巴特的一生全交付給讀書和寫作。至於本書的體裁，毋寧說是一種隨筆，以片段的文字記錄生活感想，並且以嘲弄筆調來檢討、反省自己過去書寫的一切；當然，這必然離不開布萊希特、馬克思主義、語言學、符號學、結構主義，以及——自我欣賞。

　　三、這本書，正如同巴特的其他文字，充斥著許多表面看來語義含混難解、語焉不詳或有賣弄之嫌的概念，正如李維史陀對他的批評：畫蛇添足、小題大作。其實，語言學和符號學本屬不可能容易捉摸，結構主義也是如此，除了要有

耐心，更需要清晰的頭腦，而且，學養更是不可或缺。巴特有許多擁護者，也有許多反對者，我個人屬於中間分子，既不擁護也不反對。個人的看法是，巴特至少開拓了我們看事情的視野。若說畫蛇添足——他讓事情更清晰更明白；小題大作——他用不同的眼光去觀察、書寫我們習以為常或微不足道的事情。如果這些皆能自圓其說，畫蛇添足和小題大作並沒什麼不好，因為其中大有學問。

　　四、巴特的文字風格突梯特殊奇特，有時甚至看似艱澀難懂，但並非不可理解，唯待讀者耐心捧讀。筆者迻譯此書的最大收穫之一，正是耐心與毅力的自我訓練。一般讀者閱讀此書時，可以視情況跳讀，滯礙之處無需勉強；若此書能啟發讀者不同的思考途徑，則已足夠。

　　最後我要感謝桂冠圖書公司賴先生對出版巴特系列作品的熱心，並給予譯者接觸大師名作的機會——因為，譯者藉此獲益良多。

劉森堯　謹識

2001 年初春於法國波特爾(Poitiers)。

羅蘭巴特

羅蘭巴特
論
羅蘭巴特

這本書能夠順利完成，我要特別感謝下列幾位朋友的幫忙：
對文本的幫忙者：Jean-Louis Bouttes, Roland Havas, François Wahl.
對書中圖片的幫忙者：Jacques Azanza, Youssef Baccouche, Isabelle
Bardet, Alain Benchaya, Myriam de Ravignan, Denis Roche.

Tout ceci doit être considéré comme dit par un personnage de roman.

所有這些應該可看成爲某一小說中人物所說。

　　首先，這裡有幾張照片，作者在寫作本書時，這些照片帶給自己許多樂趣，這種樂趣源於某種魅力（帶有相當自我的成分）。我只保留一些令我著迷的照片，**我說不出特別的理由**（這正是上述魅力之所在，因為我對這些照片的說明，無非是出於虛構而已）。

　　不過，要說明的是，只有小時候的照片令我著迷。我小時候因為有許多親情的呵護，並不感到有什麼不快樂，但由於孤獨和窮困，總不免覺得仍有缺憾。在面對這些照片時，我心中的感觸絕不是對過去快樂時光的感傷緬懷，反而是某種騷動不安情緒的誘發。

　　當我對著某張照片沉思（或入迷）時，照片中的意象立即栩栩如生，一種愜意的感覺頓時油然而生，彷彿置身夢中，渾然忘我。突然，這些意象不再那麼固定，像一種有機體，開始變化多端起來（照片中的我不再像我了）。我一一細數家族中的一切，故居的影像和我體內的某種「成本」緊緊連結在一起，我彷彿跌入一場沒有頭緒的夢境，我感覺照片中的我，牙齒、鼻子、頭髮、腿上的長統襪、瘦弱的身軀

等等都不再屬於我,但也不屬於任何人,我從此陷入一種令人憂慮的熟狀態,我**看到**主體的裂縫(非言語所能形容),可見小時的照片同時是那麼不得體(我的下半身暴露無遺),但同時也是那麼得體(照片中所談論的不是「我」)。

這裡混雜著家庭的故事,因而人們在此將只看到個人身體的史前史——這身體走向工作和寫作的樂趣身體的基礎上面。這種限制有其理論上的意義:這顯示出,(照片上影像)所呈現的故事時間隨著其中人物童年的結束而結束。傳記只是無創造性生命的紀錄而已,我一旦開始創造,開始寫作,「文本」本身立即脫離我的敘述過程(這真好)。「文本」並不敘述什麼,它把我的身體帶到別的地方,遠離我個人的想像,帶向一種沒有記憶的語言,群眾的語言,非主觀的群眾語言(或是普遍化的主體的語言),雖說我仍然被我自己的寫作方法所隔開。

因此意象的想像在創造性生命的門口停了下來(對我而言,創造性生命正是療養院的出口。)但另一種想像繼續前進:此即寫作。為了此一想像能順利而毫無阻礙進行(即本書之寫作意圖),為了此一想像之符號運用得當,不受個人公民身份之限制保障或辯護,此文本將不帶任何意象而進行,除了這隻寫作的手之意象。

愛的要求。

　　貝幼納（Boyonne），完美的城市，有河流
貫穿，空氣清新，雖然四周圍有其他嘈雜的城
市（Mouserolles, Marrac, Lachepaillet, Bey-
ris），但基本上這個城市還是獨立封閉的，而
且還是個小說城市：普魯斯特（Proust）、巴爾
札克（Balzac）、布拉桑（Plassans）。這裡是
童年想像力的發源力：外省的景觀、香水的產
地、中產階級的格調。

　　從這條小路往下走，可以通往香水工廠和
市中心，在這裡你可以常常遇見一位貝幼納的
中產階級婦女，她手上提著一小包「香水」，
正要前往她的郊外別墅。

三個花園

　　「這幢房子實在是生態學上的一項奇觀，不太大，坐落在一個大花園的角落，看起來像是一個木製的玩具模型（灰色的窗簾已經褪了色，看起來很柔和）。這幢木屋也許不豪華，卻有許多門和落地窗，還有許多側門的階梯，就像小說中的城堡。這個大花園包括有三個連在一起的小花園，格調各有不同（穿梭在這三個小花園之間，感覺別有一番風味）。穿過第一個花園即可抵達這幢木屋，這是一個世俗的花園，許多貝幼納的婦女常在這裡走動。第二個花園，剛好就在木屋前面，由兩塊一模一樣的草地組成，許多小路穿梭其間，草地上長滿許多玫瑰花、繡球花（法國西南部少見的一種花）、大黃等；此外，有人利用一些舊箱子在裡面種植青草，有一棵大木蘭樹，樹上開出來的白色花朵常常會伸到木屋二樓的窗口，夏天時，B.一家的女士們常無視的蚊子的騷擾，就坐在那裡編織衣物。最底端部分，是第三個花園，除了一小片青綠色的桃樹和草莓屬小樹叢之外，幾乎一片空曠，偶爾可以看到一些野生的蔬菜，整個看來算是十分荒蕪，沒什麼人會走到那裡除了它的中央走道之外。」

　　世俗，家居，野蠻：這不正是社會慾望的三個現象嗎？我在這個幼納花園中，花不少時間浸淫在維爾諾（Jules Verne）的小說世界以及傅立葉（Fourier）的烏托邦世界之中。

　　（這幢房子今天已經不見了，已經被貝幼納的房地產公司所收購，剷平了了。）

　　大花園自成一個與世隔絕的世界，有人
說，這裡是掩埋死掉的小貓的地方。背後底
端比較陰暗的小角落，在兩棵剪成球形的黃
楊樹那一帶，是許多小孩玩性遊戲的地方。

我對這張照片很著迷，背後站著的是我們家的女僕。

兩位祖父（外公和爺爺）

　　這是外公，他年老的時候，對生活感到
很厭倦。常常提早就坐在飯桌前（後來變本
加厲地提早），好像超前在生活；他活得很
不耐煩，從不説半句話。

　　這是爺爺，他喜歡用書法字母設計音樂
會的節目單，也喜歡用木柴編製一些小玩意
兒，他和外公一樣，都不喜歡說話。

兩位祖母（奶奶和外婆）

　　一位是巴黎人，很漂亮；另一位是外省地區的人，人很好，很有中產階級格調——不是貴族氣派，但她倒真的是貴族出身——她很熱衷於社會小說，她喜歡用修道院學校所推崇的法文風格寫作，比如：未完成過去虛擬式（imparfaits du subjonctif）。她喜歡透了世俗流言，她最要好的朋友是勒布夫（Lebœuf）太太（是個寡婦，她丈夫生前是個藥商，因製造一種焦油而致富，生前活像一塊黑草皮，帶著戒指，並留小鬍子），她們常常一起喝茶（像是普魯斯特筆下的場面）。

　　（這兩個家族，發話的是女人。母系社會？在古代的中國，據說所有的人是以老祖母為中心來埋葬。）

這是父親的妹妹，終身沒出嫁。

　　這是父親，英年早逝（死於戰爭，第一次世界大戰），我對他完全沒有記憶，也沒什麼概念。關於他的一切，都是小時候陸續從母親那裡聽來，好像蜻蜓點水般，沒留下什麼深刻印象，頂多在童年記憶中聊備一格而已。

在我童年印象中，街車白色的車頭。

晚上回家時常常要經過這裡，這是阿度河邊的
林蔭小道，大樹、停泊的小船、幾個漂泊的散步人，
以及厭煩；有許多公園性愛在這裡發生。

　　　幾世紀來，書寫是否像一張借據、一張擔保文件，或是一張簽署證明書？今天，書寫已經逐漸偏離中產階級的風格，走向反常和極端，以及文本⋯⋯。

家庭故事

他們來自何方？這是加隆河上游地區一個公證人和他妻小的照片。我和他們是同一族，同一階層。這張照片像是警局裡的證物，證實了這一點。照片中那個有一雙藍眼睛的年輕人，柱肘沉思，他是我父親的父親，也就是我的爺爺，到了我這一代，一切都停下來了。他們製造了個一無是處的人。

代代相傳，喝茶：
中產階級的象徵，
有其迷人之處。

鏡相時期：「這就是你。」

　　過去的時光裏，童年最令我著迷；今天仔細再看看，只有童年未帶給我對逝去時光有任何遺憾的感覺，因爲我在其中看到的不是懊惱，而是一種桀驁不馴，這也正是今天的我，偶而仍會爆發出來。小時候，我不斷拚命尋找自己內在的黑暗面：厭煩的感覺、脆弱、絕望的傾向（還好這傾向是複數的）、內在的不安，但不幸地卻完全表達不出來。

我們是同時代的人嗎？
我開始學走路，那時普魯斯特還活著，
正在完成《追憶似水年華》。

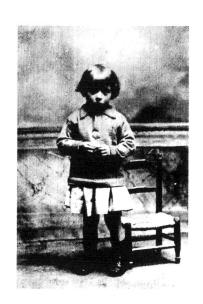

　　小時候，我時常感到厭。這種感覺不時發生，
竟然持續一輩子，一陣陣地噴發出來（當然，後來
由於工作和結交朋友的緣故，這種感覺比較緩和了
一些）總是明顯可見的。這種厭煩的感覺多半帶有
驚慌的性質，然後是沮喪：比如在開會或演講的場
合、參加國外的晚宴、和一群人高高興興地在一起
時，厭煩無所不在，而且看得到，難道這是我的歇
斯底里的病徵嗎？

演講：沮喪。

開會：厭煩。

「在 U.消磨掉多少個愉快的上午：
陽光、房子、玫瑰花、寧靜、音樂、
咖啡、工作、沒有性慾的騷擾、
清閒悠哉的感覺。」

沒有故作家庭狀的一家人。

「我們，永遠是我們……。」

……一群好朋友。

身體的轉變（剛從療養院出來），從瘦
弱變胖了（或自以為如此）。從此如後，我
不斷和這副身體抗爭，以保持其必要的苗條
（知識份子的想像；保持苗條實在是想要變
聰明的一種天眞的行爲）。

在那個年代，高中階段，儼然像個小紳士了。

任何壓制言論的法律
都立不住腳。

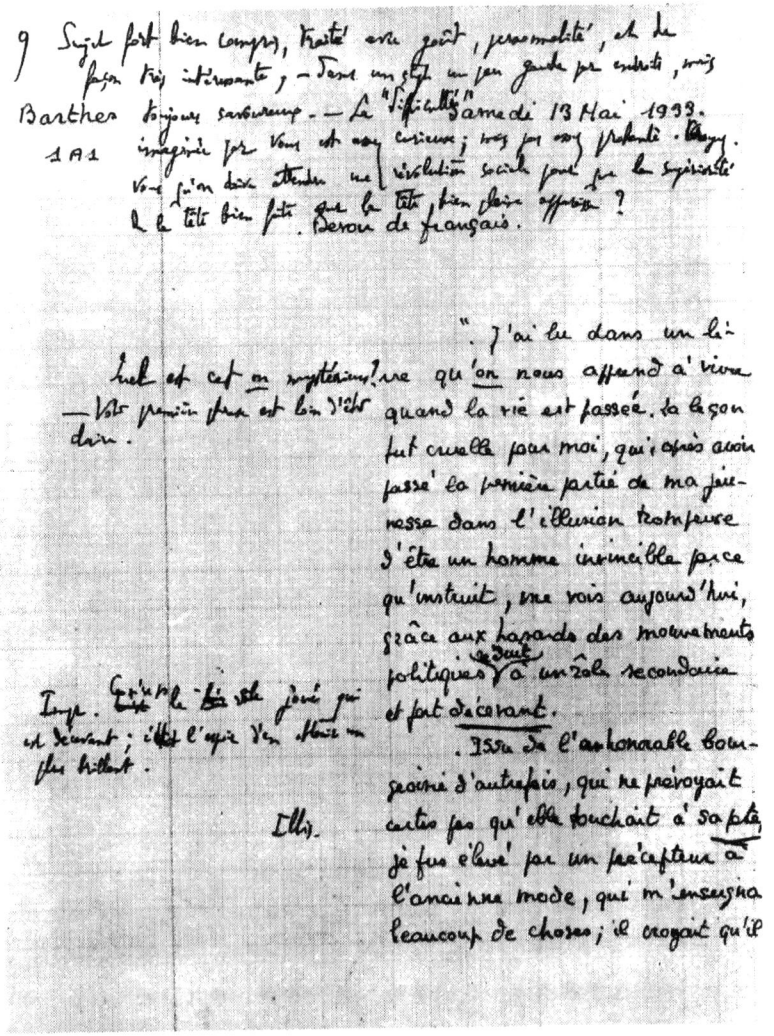

　　我每次扮演達利歐（Darios）都是戰戰兢兢，這個角色有兩段很長
的獨白，我每次總會搞混——我唸這兩段台詞時，腦筋總會忍不住想到
別的事情。我臉上戴著面具，只有幾個小孔，什麼都看不見，只可能看
到遠方和上方。當我要說出國王將死的預言時，我的視線要盯著一個不
動的物體看：一個窗子、一個凸出物，或是天空的一角：至少它們不會
害怕。我老是抱怨這麼不舒服的表演方式——不過我的聲音依然滔滔不
絕，卻不願表演我希望有的*表情*。

這樣的風態（air）從何而來？大自然？還是符碼？

肺結核病追蹤紀錄

（每個月都會有一張新的紀錄出爐，黏貼在舊的那張底端，最後連接成幾呎長——這是紀錄身体在時間變化的有趣方式。）

這種病不痛不癢，無味無臭，除了冗長的治療過程，以及社會對這種病的傳染禁忌之外，不會留下什麼痕跡。得了這種病，是不是治好，得看醫生一紙抽象的命令。如果説其他的疾病違反社會規則，肺結核病反而將傾投入一個小社會，形成一個特殊民谷學社區，好像一個部落、一個修道院，或是 19 世紀中傅立葉所創設的社會主義社群：充斥著儀式、約束、保護。

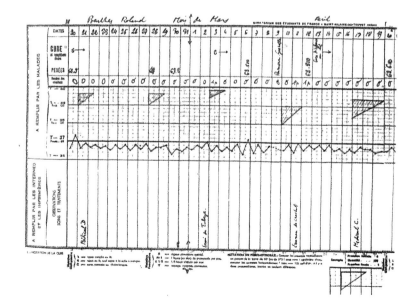

　　這可不像我！你怎麼知道的？哪裡像，哪裡不像？像或不像的標準是什麼？你真實的身體在哪裡？你唯一能看到你自己的機會是影像，但你看不到你的眼睛，除非在鏡中，你看到自己那愚鈍的眼神，要不就是在鏡頭前面（我的眼睛瞪著你看時所反映出來的樣子真有趣）。至於你的身體，永遠只能侷限於想像。

1942

1970

我的身體只有在工作之時才能免於想像之侷限，工
作的情況有三種：繪畫、寫作、整理，眞是樂趣無窮。

邁向寫作

　　希臘人說，樹是字母。在所有的字母之樹中，棕櫚樹最美。寫作，像棕櫚樹的葉子那樣濃密而分開地伸展，其主要效果是：往下垂落。

在北方有一棵孤獨的松樹
矗立在一個乾燥的山丘上
它沉睡著　　　冰和雪
用它們的白色大衣將它覆蓋住

他夢見一棵漂亮的棕櫚樹
在陽光普照的國度裡
棕樹很難過　　　憂傷而孤獨
在火紅的峭壁上

　　　　　　　　　　　——海涅（Henri Heine）

主動／反作用

任何他的書寫都有兩個文本。文本之一是反作用，由憤怒、恐懼、內在的反駁、一些小偏執、辯解、爭論等所驅使。文本之二是主動，由歡悅所驅使。但是，在寫作時，在修飾時，它屈從於虛構的「風格」之時，文本(1)會變成為主動，它將喪失其反作用的外皮，外皮將層層脫落只剩下單獨的區塊（成為微不足道的附帶語）。

形容詞

他無法忍受自己的**意象**，他為被定名所苦。他認為人類之間的完美關係，定位在這個意象的空隙之間：抹除人與人之間的形容詞。受形容作用的關係來自意象、來自統馭、以及死亡。

（在摩洛哥，他們顯然對我一無所知，我以一個好西方人的姿態努力做**這個**或做**那個**，他們卻毫無反應：**這個**或**那個**完全無形容詞的修飾，他們不知如何來評論我，他們拒絕餵養我或誇獎我的想像。起先，這種混沌不明的人類關係令人疲乏不堪，但是，這種混濁會像文明的優點，或像愛情交談中真正的辯證法。）

愜　意

　　享樂主義者（他自認為如此）想要全然的舒適狀態，但這種舒適遠比我們社會所能提供的家庭舒適更為複雜，這種舒適要自己周章，自己動手去條整（我的祖父B.晚年在他房間的窗口設計了一個小窗檯，這樣他在工作時就可以看到底下的花園），這種舒適純屬個人，我們稱之為：**愜意**。愜意有其理論的上的尊貴（「我們不必迴避拘泥形式，只要覺得愜意就好」，《1971》Ⅰ），而且亦有其倫理學上的力量：**甚至在歡悅之中**，也自願放棄英雄主義。

「相似性」之魔

　　索緒爾（Saussure）最討厭的東西就是（符號的）**武斷性**（arbitraire）。他則特別討厭**相似性**（l'analogie）。他特別貶低「相似性」的藝術（電影和照相），以及「相似性」的方法（比如：學院批評）。為什麼？因為相似性說明了「大自然」的效力，它使得「自然」成為真理之源，同時又在自己身上披上一層抹拭不掉的符咒（*Ré, 23*）：當你看到一個形式，你**就要聯想**和它相似的東西，人性因而被「相似性」所束縛，一切只為了把「大自然」包括進去。畫家和作家要努力避免這個，如何做呢？利用兩個極端相反的方法；或

者，兩個**反諷**的方式，好好嘲諷「相似性」一番。其中，裝出**庸俗無比的**敬畏姿態（此即「複製」，藉此掩飾）；其二，根據一些法則，**規律地**扭曲所模仿的物體（此即「變形透視法」，《批評與真實》，64頁）。

　　除了這兩個違抗的方法，要對抗這個狡詐的「相似性」，最直截了當的方法，就是簡單的結構式對應：**異質同構**（Homologie），將第一項物體的回想減降至一種比例關係（從詞源學的角度看，在語言的初始的幸福階段，**相似性**指的即是**比例**。

（公牛看到紅色會暴怒，公牛的暴怒和紅色的斗篷合而為一：公牛處於全然的相似性之中，也就是說，**全然的想像**之中。我拉拒相似性，亦即拉拒想像：符號的相融、符徵（signifiant）和符旨（signifié）相似、意象的類同、鏡子、吸引人的誘餌。要依賴相似性的所有科學性的解釋——還真不在少數——都帶有誘餌的性質，它們形成一種科學的想像。）

黑板上

　　路易十四中學第三年級❶ A 班的一位老師 M. B.，是位小老頭，社會主義者，也是個民族主義者。某年年初的時候，他很鄭重其事地在黑板上寫下學生親友「戰死沙場」者的名字，叔叔、舅舅或表兄、堂哥大量出現，我是唯一父親

---

❶　法國中學第三年級相當於我國的高一。

的名字列名其中的人，我覺得很難過，好像被人過度地標記出來。然而，黑板擦掉之後，悼亡哀傷也跟著消失不見了——現實生活實在太平靜，家庭中缺乏一種社會的定位：沒有可敬的父親、沒有可怨恨的家庭、沒有可反叛的環境：所有這些伊底帕斯情結大概付之闕如！

（此後的每個星期六下午，這位老師總會帶著戲謔的口吻，要求某位學生臨時提供一個思考性的題目，然後他就藉這題目唸出一段文章，要大家做聽寫練習。他在教室裡走來走去，即席創作出一段文章，藉此印證他的道德水準和寫作能力。）

片簡和聽寫之間的滑稽關係：聽寫在此有時像是一種社會書寫的必要形像，學生寫作的片段的回憶。

金　　錢

由於貧窮的關係，他小時候似**與社會脫節**，但並未降低社會身分。即使沒有社會歸屬（B.城，是個中產階級地區，他只是去渡假，好比去看戲），不過他並不附屬於中產階級的任何價值體系，他並不因此而覺憤慨，因為在他看來，那些價值體系只是一種語言的運用而已，屬於一種小說類型的範圍；他只參與其中的生活的藝術（1971，II）。只不過這套生活藝術必須不時忍受貧窮的困擾，他必須忍受的不是悲

慘，而是難堪；每次付款期限來臨的恐怖。他不能去渡假，
沒鞋子穿，沒錢買教科書，甚至吃飯都成問題。這種**可以忍
受的**匱乏（難堪永遠都是如此）卻換來一種自由補償哲學，
多重決定其樂趣，以及一種**愜意**（這正好是難堪的反義）。
的確，他形成期的唯一問題是金錢，而不是性。

　　從價值觀看，金錢代表兩個相反的意義（兩個互相對映
的型態）。首先，金錢飽受激烈譴責，特別是在劇場上面
（1954 年左右，許多次出擊批評以金錢為原則的戲劇）。在
研究傅立葉的時代，他對金錢反而有比較正面的看法，反抗
三種道德意識型態的抨擊：馬克思主義、基督教、佛洛依德
學派。他要保衛的是：不是為財富追求財富和累積財富，而
在於奢侈與浪費，特別是無謂地揮霍無度。金錢可以說是金
子的隱喻，是符徵之金。

亞哥號艦艇

　　這個意象經常浮現：亞哥號艦艇（le vaisseau Argo），金
光閃閃地，古希臘時代亞哥號上航員不斷一點一滴改裝這艘
艦艇，不斷加以翻新，最後產生了一艘全新的艦艇卻從未想
要改變其名稱或其形狀。這艘亞哥艦艇象徵一種有著永恆不
變結構的物體，而創造這種東西的不是天才，不是靈感，也
不是決心或進化，而是兩種平凡的行為（這決不是創作的奧
秘）：**更替**（substitution）（一塊接一塊，好像選項結構
（paradigme）中的變位）和**定名**（nomination）（名字本身

和各部位的穩定無關連）。內部不斷變動，但名號永遠不改變；亞哥艦艇除了名字不改，除了形狀不變，其他部位早已不是**原貌**了。

　　另一個亞哥號：我有兩個工作的地方，一個在巴黎，另一個在鄉下。兩個工作空間，沒有一樣物體是共通的，從不互相摻雜；但這兩個地方是同一的，為什麼？因為工具的擺設方式是一樣的（紙張、筆、寫字檯、掛鐘、煙灰缸），因為空間的結構形式是一致的。這種個人的現象可以說明結構主義：系統勝過物體的存在。

狂妄自大

　　他不喜歡勝利的論述。他討厭任何人的屈辱，當勝利來臨之時，他會想找地方躲起來（如果他是神，他會不斷**翻轉**勝利——上帝正是如此！）從論述的觀點看，最正當的勝利常會淪為語言上最壞的形容：**狂妄自大**（l'arrogance），巴岱伊（Georges Bataille）在某個場合經常談到科學的狂妄自大，這在勝利的論說中無所不在。我最常碰到三種狂妄自大：科學、主流意見、激進份子。

　　主流意見（la Doxa）（這個字眼將會常常出現），這是公共意見，大眾精神，小布爾喬亞的一致看法，自然的聲音，偏見的暴力。其實，表面的言論，符合意見的言論，或實際運用的言語，都可以歸納為**主流意見學**（doxologie）（這是萊布尼茲所使用的術語）。

　　他後悔有時會被語言所威嚇。有人跟他說：就是因為如此，你才會寫作呀！狂妄自大無所不在，好像文本的客人喝著的烈酒，文本與文本之間所包含的不只是一些精心選擇的、令人喜歡的、自由的、審慎的，以及一般性的文本，而且同時包含了共通的和有壓倒性格的文本。你自己也可以成為另一個文本中狂妄自大的文本。

　　「統馭的意識型態」（idéologie dominante）這個詞句有語病，犯了同義詞疊用的毛病：因為「意識型態」這個字眼即指有「統馭」性的意念（《文本的歡悅》，第 53 頁）。但我卻可以超越這個，大膽而主觀的這樣說：**狂妄自大的意識型態**（idéologie arrogante）。

占卜者的動作

　　在《S／Z》一書中（第 20 頁），我把閱讀單位（lexie）（閱讀的片段）拿來和古羅馬時代占卜者用木棒對著空中比劃的動作相提並論。這個動作很有意思：在從前，以木棒對著空中比劃的動作，也就是說對著沒有定點的目標隨便比劃，這個動作一定很美，但同時卻又很瘋狂：它很鄭重其事地劃出一個界限，但痕跡之後立刻便消失了，只是一個帶有知性回憶的比劃動作；但另一方面，這個動作則全然是儀式性質，帶有絕對的武斷，那便是意義產生時的劃分。

同意，不是選擇

　　「這指的是什麼？韓戰時，有一隊法國的志願軍陷在北韓一處荊棘叢生的地帶。其中一個人受傷，被一位北韓小女孩救起，小女孩把他帶回自己的村莊，村人收留了他：他選擇留在那裡，和當地的村人住在一起。我們的語言中有一個詞彙：選擇。但這絕不是維納威（Michel Vinaver）的詞彙：事實上我們所看到的既不是選擇，也不是變節，或是叛逃，而是一種逐步的**同意**（assentiment）：這位士兵接受了他所發現的韓國人的世界……。」〔論維納威，《今日或韓國人》（*Aujourd'hui ou les Coréens*），1956 年。〕

　　隔了許久之後（1974 年），他有機會到中國旅行，他試圖再度採用**同意**這個字眼，以便《世界報》（*Monde*）的讀者——也就是說，和他**同一個世界**的人——能夠了解並非他「選擇」了中國（有許多因素使得他沒有辦法說明選擇）；他只能**接受**，並且默不作聲（他稱此沉寂為「平淡無味」），像維納威筆下的那位士兵，淡淡地接受了當地運作的程序。這很難被人理解，知識大眾所要求的是**選擇**：他必須在離開中國時，像公牛走進鬥牛場接受挑戰那樣：擺出憤怒或勝利姿態。

真實與聲明

他的苦惱有時變得很激烈──有好幾個夜晚，在寫了整整一天的東西之後，甚至變得恐懼起來──他的這種苦惱主要源於他覺得自己製造出了一種雙重論述，其模式多少超出了自己的企圖：因為他論說的企圖並非呈現真實（vérité），但仍是一種聲明（assertion）。

（他早就有這種苦惱，他努力想加以排除──若非如此，他寧可不再寫作──他努力說明有聲明企圖的是語言，而不是他自己。眾所周知，為了排除聲明企圖，在每一個句子尾端加上不確定的結句尾詞，這未免顯得滑稽好笑，好像語言的每一個出產都要使語言自己顫抖似的。）

（基於此一苦惱，他每寫出一篇作品就擔心會傷害到他的朋友──輪流傷害每一個朋友，一次一個。）

非場域

入檔──我被作成檔案，定位到某個地方（知性的），或是**有種姓**階級之分的住所（或是社會階級）。有個獨一無二的內在教條與此相抗衡：非場域（l'atopie）（不定的住所）。非場域比烏托邦更勝一籌（烏托邦是反動的、戰術性的、文學的，烏托邦來自意義，使它得以進行）。

反身換喻

　　謎樣的版本，吸引人之處在於其脫離序列：它被複製的同時，而且反轉：每次複製，總會反轉，因而攪亂了前後的連貫性。今晚，弗蘿拉咖啡館有兩個男侍者要到邦納帕特咖啡館喝開胃酒，這兩個侍者中，其中一個帶著他的西洋跳棋；另一個則忘了服感冒藥：他們同時被邦納帕特的年青侍者服侍（喝的是貝爾諾酒和馬丁尼酒），他正在上班（「抱歉，我不知道這是您的跳棋」）。這種現象司空見慣，同一個東西在流轉，但又有反身性質，其中角色保持強迫分離狀態。這一類帶有**反射**作用的例子不勝枚舉，而且很有意思：理髮師要讓人為他理髮，（在摩洛哥）擦鞋匠要別人為他擦皮鞋，廚師要別人煮飯給他吃，演員在假日停戲的日子去戲院看戲，電影導演要去電影院看電影，作家要看別人寫的書。有位資深的打字小姐，沒有塗改總是無法打出「塗改」（rature）這個字；有位皮條客，老找不到人為他拉皮條（他自己也想當恩客）……。所有這些，可概稱為**反身換喻**（l'autonymie）：循環運動所引起的嚴重內斜視（滑稽而呆滯）：如同一個字的字母變位、顛倒疊影現象、層次的消失。

電車的加掛車廂

　　從前，在貝幼納（Bayonne）和比亞利茲（Biarritz）之間，有掛著白色車廂的電車來往行駛。夏天的時候，他們會加掛一個沒有車頂且沒有座椅的車廂；為了好玩，大家都喜歡爬上那節車廂，因為可以沿途觀覽風景，享受一覽無遺的視野、車的行進運動感、清新的空氣。今天，已經不再有電車，當然也就沒有加掛車廂，到比亞利茲的行程變得平淡無味。我在此不是藉電車大作文章去懷舊，去感慨美好童年的逝去，我只是想強調生活的藝術並沒有歷史；生活的藝術沒有進化這回事；樂趣消失了就永遠消失，無可取代。但會有另一些別的樂趣出現，然而，新的樂趣絕對無法取代舊的樂趣。**樂趣中沒有所謂進步這回事**，只有變遷。

官兵捉強盜

　　小時候我喜歡玩官兵捉強盜遊戲，在盧森堡（Luxembourg）公園，我的主要樂趣不在於挑釁對手，讓他來抓我，而是釋放犯人──遊戲於焉重新開始。

　　語言的權力遊戲與此頗為相像，一種語言對另一種語言的箝制暫是暫時性的，這時出現第三種語言，形成一種制衡作用：修辭學的衝突中，勝利的永遠是**第三種語言**。此一第

三種語言的作用即如同上述遊戲中釋放犯人之舉，在於分散符旨，以及信條。**語言強加在語言之上**，沒有止境，此即教條必滅的律則。另幾種意象：拍手遊戲（手疊在手上面，會有第三隻手出現，但它已不是第一隻手了）、剪刀石頭布遊戲、剝洋蔥、無硬核的層層內皮。「差異」不應該帶來束縛：誰都沒有下最後斷言的權利。

專有名詞

　　他小時候常常聽到貝幼納地區古時候中產階級的一些專有名詞，他的祖母經常反覆提到一些名字。都是一些典型的法國名字，而且都有外省上流社會的氣味，在我耳朵聽來則像一連串怪異的符徵（我今天竟然仍記得，為什麼？）：勒布夫太太（Mmes Lebœuf）、巴貝-馬辛（Barbet-Massin）、德雷（Delay）、佛格爾（Voulgres）、波克（Poques）、雷翁（Léon）、佛拉斯（Froisse）、聖—巴斯鐸（de Saint-Pastou）、皮修諾（Pichoneau）、波米諾（Poymiro）、諾維昂（Novion）、畢西律（Puchulu）、香塔爾（Chantal）、拉卡波（Lacape）、昂利蓋（Henriquet）、拉布魯希（Labrouche）、拉波德（de Lasbordes）、迪東（Didon）、利格諾洛（de Ligneroles）、加朗斯（Garance）。我為什麼會對這些名字情有獨鍾呢？這裡不是借喻（métonymie）的問題：這些太太都不迷人，也不優雅。然而，要讀小說或回憶錄，沒有這類可愛的名字穿插其間卻又不行（讀讓利夫人（Mme de

Genlis）的作品時，我興緻高昂地監控古代貴族的名字）。這不單是專有名詞的語言學問題，其間亦有情慾的成分：名字就像聲音或味道，可以是愛之憂鬱的終點：慾望和死亡。「最後一口氣，餘味無窮。」上個世紀一位作家曾經這樣說。

愚蠢，我無話可說……

他每個星期在調頻電台總會聽到一個音樂節目，他覺得這個節目很「愚蠢」，他的看法是：愚蠢像一個切不開的硬果核，**像一種未開化狀態**，你無法**用科學方法**去加以分析解剖（如果科學分析可以對付愚蠢，則所有電視台就可以關門了）。那麼，愚蠢是什麼呢？是一種演出，是一種虛構美學，還是一種幻想？也許我們自己也想進入其中？很美，很迷人，很怪。總之，關於愚蠢，我實在無話可說，只有一句：**愚蠢迷戀我**。愚蠢在我身上激起的**正確**感情應該就是迷戀（如果我們把這個字說出來的話）：愚蠢**緊緊纏著我**（你很難去對付、去阻擋，它會在拍手遊戲裏佔上風）。

愛上一個概念

有一陣子，他對二元對立很著迷；二元對立成為他熱愛的對象。他不眠不休一頭栽進這個概念裡頭。只要**用一個差異**便能說一切，讓他很高興，且持續訝異不已。

　　知性的事物和愛情的事物很相像，在二元對立中，讓他覺得喜歡的，正是其形像。這樣的形像他不久之後即在價值的對比中找到與之相同的東西。把他帶離符號學的，首先是愉悅（jouissance）的原則：放棄二元對立的符號學再也引不起他的興趣。

布爾喬亞年輕女孩

　　在政治紛亂中，他躲在家裡彈鋼琴，畫水彩畫：這正是19世紀中產階級年輕女孩不符實際的愛好——我反問一個問題：從前中產階級年輕女孩在做這些事情的時候，其中有什麼溢出了她當時的女性身分和她的階級？這些行為有什麼烏托邦意義嗎？布爾喬亞年輕女孩的這些作為也許顯得愚蠢而不具意義，但**仍在生產**：這是她進行揮霍（dépense）的方式。

愛好者

　　愛好者（從事繪畫、玩音樂、熱衷運動、搞科學，但卻從未專精或從事競賽），愛好者講求**享受**（除了喜歡，還是喜歡）；他絕不是英雄（去創造，或去演出）；他**很優雅地**附身於（無所為而為）符徵之中，悠遊於繪畫和音樂之中；他所做的一切，一般而言，從不包含音樂中所謂的「自由速度」（rubato）（為了屬性而竊取對象），他是——也可能將

是──反布爾喬亞的藝術家。

布萊希特對 R. B.的指責

　　R. B.似乎一直想**限制**政治。他難道不知道布萊希特似乎正是針對他而寫作的嗎？

　　「我儘量避免和政治牽扯上關係，這主要指的是我不想成為政治人物，也不想成為政治的工具。但我們必須成為政治工具或政治人物，沒有其他選擇。問題不在於無意成為這個或成為那個，或兩者都不想要，顯然我不得不去碰政治，而且自己更不能決定要涉入到什麼樣的程度。事到如今，只好把生命貢獻給政治一途了甚至為它犧牲了性命。」〔布萊希特《論政治與社會》（*Écrits sur la politique et la société*），第 57 頁。〕

　　他的地帶（**他的環境**）是語言：他接受或拒絕的正是這個，他**身不由己的**也正是這個。這麼說，他是把他的生命語言貢獻給政治論述了？他想成為政治**主體**，而不是政治**代言人**（代言人是發表論述，敘述論述，然後加以說明頒布，並加上簽名）。然而，他那一再**反覆**的論說並未達到脫離現實政治的要求，他因而被政治排除在外。他被政治排除，但他所寫的東西就蒙上了一層**政治**意義：他彷彿成了一場矛盾衝突的歷史見證：這是一個**敏感的**、**貪婪**而**沈默**的政治主體所見證的衝突（這幾個形容字眼不能分開）。

　　政治論述不唯一要反覆強調，通俗化或疲勞轟炸：隨著

論述內容的不斷修正，欽定版本，定於一尊的論調自然隨之出現。如果他不能忍受政治論述的這種普遍現象，那是因為這之間反覆強調的步伐**太猛烈**了，政治自以為是現實的基本科學，我們卻以幻想賦予他崇高的力量：亦即控制語言的權力，將小語變化約為真實之殘餘的力量。可是如果政治自己都陷身於一片混亂的語言之中，為什麼還要毫無怨言忍受這一切呢？

　　（政治論說為了避免陷入反覆強調的困境，需要一些稀有的條件：其一，自己建立一套新的論述模式，馬克思即是如此。其二，更為溫和些，透過語言中的智性——**靠語言效力之科學**——建立一套嚴格且活潑的政治文本，宣揚自己獨特的美學觀，以一種發明創見的姿態呈現出來，布萊希特即是如此，《論政治與社會》一書是其典例。要不然，以政治家姿態用奇特而模糊的方式，塑造語言一之材料：此即「文本」；比如柏拉圖的《法律篇》。）

用理論要挾

　　許多前衛的文本（尚未發表）並**不確定**，這要如何去判斷，去保留？要如何去判定其有否短程或長程的未來？人們會喜歡嗎？還是厭煩？這類文本的明顯優點為其出發點：急於為理論服務。然而，這種姿態**也**是一種要挾（用理論要挾）：來愛我，來照料我，來保護我，因為我和你們所標榜的理論相一致，難道我所做的和亞陶（Artaud）或卡茲

（Cage）所做的有什麼不一樣嗎？——但是，亞陶所做的不只是「前衛」，他也寫作；卡茲**也**有其迷人的一面……——理論所不承認的，**正好**是這些特徵，有時理論還極度厭惡它們。至少，好好調解你自己的品味和觀念，等等（**這種情形會繼續下去，沒有止境**）。

夏　洛

　　他從小就不很喜歡夏洛（Charlot）（譯按：指卓別林）的電影，後來，在不與劇中人物混亂而輕盈的意識型識瞎苟同之下（《神話學》，第 40 頁），他發現此種藝術相當有趣，而且很受大眾歡迎（的確曾經如此），同時又那麼的詭計多端。這是一種**綜合**藝術，摻雜多種趣味和語言。電影藝術家帶給我們許多樂趣，他利用影像呈現一種多彩多姿且又屬於集體的文化面貌：複數性格。這種影像的運作方式如同第三項，對立的顛覆。它顛覆了我們受困於其中的對立：大眾文化**或**高層文化。

電影的極限

　　抗拒電影：就本質而言，不管鏡頭中所要表現的美學為何，符徵總是一片光滑，一連串影像的不停流動，膠卷（la pellicule，名字取得真好，沒有毛孔的皮膚）**不斷往前跑**，好

像一卷喋喋不休的彩帶：不可能出現片段，俳句。呈現方式
有其限制（好像語言系統中不可缺的花招），這種限制就是
必須照單全收：一個人在雪中行走，在他尚未顯出意義前，
我已經一覽無遺；在寫作上，剛好相反，我不必看到主角怎
樣剪指甲──但如果有必要，「文本」會告訴我，並且強而
有力地說明賀爾德林（Hölderlin）的指甲有多長。

　〔剛一寫完這個，才感覺這似乎是出於一廂情願的看
法，我應該像在說夢話一般，說出我為什麼反抗或者我為什
麼要這樣想。不幸的是，我一向愛發表聲明：在法文裡頭
（也許任何語言皆是）缺乏一種文法的模式可以**輕輕**說出
（我們的條件式語氣太重）一套想成為理論的價值，而絲毫
不帶知識懷疑論色彩。〕

語尾詞

　在《神話學》一書中，政治事物經常帶有諷刺語調的結
語〔比如：「消失大陸『美麗意象』並非無可指責：並非無
可指責乃是因為在邦東（Bandoeng，越南地名）那裡重新尋
得另一大陸」〕。這種語尾結句的運用至少有三種功能：修
詞（好像一幅畫四周圍有畫框，框成一個固定範圍）；呈現
體貌特徵（在關鍵時刻，讓主題分析在最後被介入的計劃挽
救回來）；經濟效益（在政治論文中，要懂得運用簡練手
法，除非這種簡約只是取代**必然成立**的複雜論證）。

　在《論米西列》（Michelet）一書中，R. B.以一頁的篇

幅（第一頁）說明此一作者的意識型態。他保留並排除的政
治社會學主義，他保留它，簡潔如同簽名；他排除它，如同
排除厭煩。

吻　合

　　我一邊彈鋼琴，一邊錄音，起先，純粹為了好玩，**想聽
聽自己的演奏**，可是不久之後，我卻聽不到自己的演奏，我
聽到的是巴哈和舒曼，我聽到他們純粹的音樂，經過我的詮
釋，述詞消失了，可是，說來矛盾奇怪，我聽李希特或赫洛
威茲的演奏，一千個形容詞浮現出來：我仔細傾聽，聽到的
是他們，而不是巴哈或舒曼——這是怎麼回事呢？當我傾聽
自己**先前的演奏**——開始時很清晰明朗，不久之後錯誤一個
接一個出現——這裡出現一種少見的巧合：我剛才演奏的和
現在我聽到的互相吻合，而在此一巧合之中，詮釋消失了；
只剩下音樂（這當然不會好像我又重新發現了「真實」的舒
曼或「真實」的巴哈，不是「真實」的文本）。

　　當我試著去重寫我以前寫過的東西時，我面臨了相同的
情況，這不是真相，而是一種消除。我並不企圖以我前面我
現在的表達方式來呈現我前面的真實〔在古典領域裡，這種
做法名之為「真誠性」（authenticité）〕，我不想努力追尋
過去的我，換言之，我不想**讓自己的過去復活**（如同人們所
說建立紀念碑的方式）。我並不說：「我要描寫我自己」，
而是說：「我寫一個文本，這個文本叫做R. B.」。我省去了

圖表之美，音樂在繪畫之前。

（描寫的）模仿，而直接指向定名。**在主體的領域裡，我難道不知道，語詞對象**（référent）**並不存在嗎？**（傳記的和文本的）事實已經在符徵中消失，因為此一事實已經和符徵**互相吻合**：在**自我書寫**時，我只是不斷反覆，如同巴爾札克在其短篇小說《薩拉辛》（*Sarrasine*）中所做的極端操作，把去勢（castration）和切斷（castrature）加以「吻合」在一起；我是我自己的象徵代表，我是我自己的故事化身，在語言的自由輪轉表，我沒有任何東西可以拿來和我自己比較，在此一過程中，想像的代名詞「我」變成和主旨無關，象徵成為立即而直接，一絲不差：主體的生命面臨不可避免的危險：「我」的寫作可能成為一種矯飾的概念；但這同時卻也是一個簡單的概念：簡單一如自殺之概念。

　　一天，不想工作，我偶然翻閱《易經》來看看此一計劃之前途。出了第廿九卦「坎」，意思是危險的處境：危險！深淵！滅亡！（工作為魔術所苦：**危險**）。

比較就是理性

　　他以嚴肅而帶隱喻的方式，同時按字面的含混意思，把語言學應用到其他遙遠的對象：比如，薩德（Sade）的色情文學（《薩德、傅立葉、羅耀拉》，34 頁）——這允許他談**薩德所使用的文法**的問題。他同樣把語言學系統（**選項結構／造句法**）引用到風格的系統上面，然後依據文章的兩個軸點去分類作者的修正，（《新批評文集》，138 頁）。同

樣，為了好玩，他把傅立葉的觀念和中世紀題材類型銜接在一起（簡評和副藝術《薩德、傅立葉、羅耀拉》，95頁）。他不發表創見，他不組合，他只是翻譯：在他看來，比較就是理性，他的樂趣在於透過一種異質同構多於隱喻的想像去**流放**客體（我們比較系統，而不比較意象），比如他談到米西列（歷史學家）時，他宣稱以米西列研究歷史的方式研究他：他展開完全的位移，他在撫摸（《論米西列》，28頁）。

　　有時他自己翻譯自己，以一個句子來疊印另一個句子（比如：「但如果我喜歡需求？如果我有一些物質胃口呢？」（《文本的歡悅》，43頁）。這就好像，他為了要為自己作摘要，卻走不出來，在摘要上堆積摘要，因為不知道那一個是最好的。

真實與可靠性

　　愛倫坡說過：「真實存在於可靠性中。」（見 *Eurêka* 一書）那麼，不能接受可靠性的人即自絕於一種真實的倫理之外；只要文字、命題、觀念等成為一種穩定狀態，成為**老套**之時（**老套**的意思指的就是**穩定**），他即加以捨棄。

和什麼當代？

　　馬克思：「如同古代的人運用想像在**神話**中去感受史

前，我們德國人則用哲學思想去感受後歷史。我們是現在的**哲學**當代人，而不是現在的**歷史**當代人。」同樣道理，我只是我這個時代想像的當代人：和其語言、烏托邦、系統當代（也就是說其一切虛構當代）、和其神話或哲學當代，但不和其歷史當代，所以，我只是住在一個搖擺不定的反射世界：**虛幻的光影表演**。

契約的曖昧禮讚

　　大體而言，他對**契約**（或條約）第一個印象是客觀的：符號、語言、敘述、社會等皆透過契約在運作，但是這種契約大多時候都是戴著面具，而批判運作方式則包括對理性、藉口、外貌等障礙之辨讀，亦即對社會**本然**之區辨，如此一來，則語意及集體生命訊息所依賴之規則交換才能彰顯清楚。然而，從另一個角度看，契約卻也不是好東西：這屬於中產階級的價值體系，將以牙還牙原則合法化，中產階級的契約會說：有來才有往（donnant, donnant）。他們表面注重會計和營利，其底層則是小心眼和斤斤計較。另一方面，契約又像是一個「正規」的世界對正義的要求一樣，必不可缺少，人與人之間關係的運作須用契約來維繫，契約可以建立一種高度安全感，避免施與捨失去平衡……等等。就這一點看——既然身體直接干涉進來——好的契約模式則如同一紙賣淫契約。這紙契約為所有社會或政體（古老的社會除外）宣佈為不道德，事實上可以擺脫交易中人們所謂的「想像障

礙」（embarras imaginaires）：我怎麼知道應付對方的需要，我在他心目中值幾文？契約可以排除暈頭轉向：主體依此可以避免跌入兩個既對立但都被厭惡的意象，一個是「自私者」的意象（這個意象是只要求而不付出），另一個是「聖者」的意象（只知付出而不求回報）。契約論述因而避免了兩種極端現象，而且提供所有**居住**遵循的金科玉律，在 Shikidai 的走廊上讀出來的：「沒有強奪豪取，也沒有免費的奉獻。」（《符號帝國》，149 頁）

不合時宜

　　他的夢想（可公開透露的？）是在一個社會主義社會中移植一些中產階級生活藝術的**魅力**（這裡我不說「價值」，而寧可說「魅力」）（的確有，過去有，現在也有）：他稱之為**不合時宜**（le contretemps）。全體性幽靈反對此種夢想，他們要將中產階級**全盤**否定，而符徵所有的逃逸皆需被譴責，像是買菜卻買回了污穢。

　　難道把中產階級（變形的）文化**當作異國情調**去享受也不行嗎？

我的身體不存在……

　　我的身體通常只在兩種狀況下才存在：偏頭痛和肉慾。

這兩種狀況都司空見慣，有節制，常碰到，而且不是絕症，但是處在此兩種狀況時，人們總是會將它們化幻為身體美好意象或惡劣意象。偏頭痛只是身體的一個小小病痛，而肉慾一般也只是被視之為一種低級歡悅。

換句話說，我的身體不是英雄。上述兩種狀況一旦光臨，不管是痛苦還是樂趣（偏頭痛也會**騷擾**我好幾天），乃是輕微而模糊，相對立於身體成為異域，神思恍惚，或強烈越界的感覺。偏頭痛（我不太正確地稱它為單純的頭痛）和肉慾的樂趣只是體內聯覺，提醒我身體的存在，基本上並不會因為任何危險而帶來榮耀：我身體對自身呈顯的戲劇性頗弱。

多樣化的身體

「哪一個身體？我們有好幾個身體。」（《文本的歡悅》，39頁）我有一個消化身體，我有一個想嘔吐的身體，我還有一個患偏頭痛的身體，然後是：肉慾的、肌肉的（作家的手）、體液的，以及特別是**情感**的身體。情感的身體會激動、騷動，或是興奮、驚嚇等等而表面上看不出來。此外，我著迷於社會化的身體、神話的身體、人工的身體（比如日本異性扮裝者的身體），以及（演員）賣身的身體等等。當然，還有公眾化的身體（文學、寫作等），如要更進一步看，我有兩個地方的身體：巴黎的身體（疲憊而焦躁）和鄉下的身體（笨重且休息）。

肋　骨

　　有一天，我這樣處理我的身體：

　　1945 年在雷辛，我在醫院做外胸膜手術，他們取出我的一塊肋骨，然後很鄭重其事地把這塊肋骨用紗布包起來交還給我（這些瑞士醫生聲稱**我的身體屬於我自己**，所以這塊骨頭勢必要交還給我自己保管：我是我自己骨頭的主人，活著如此，死了也是如此）。有好長一段時間，我把自己的這塊骨頭存放在抽屜裡頭，看起來像根瘦小的陽具，也像是小綿羊的肋骨，我不知道要做什麼用，但也不敢隨意扔掉，生怕糟蹋了自己的身體。可是，跟其他一些「珍貴的」東西如舊鑰匙、筆記本、紅色的舞會門票，以及祖母 B.遺留下來的粉紅色綢布小錢包等一起放在櫃子裡，這畢竟也不是辦法。有一天，我瞭解抽屜的作用，可以把已經死了的東西，放在一些神聖的場所，如灰塵撲鼻教堂之類的地方，以便減輕其死亡之痛苦，假裝把它們保持活的狀態，其實是用淡化的臨死悲痛，來渡過一些可敬的時光；然而，我也不敢貿然將我這根骨頭隨意丟入公寓大廈的公共垃圾堆。後來，我站在陽台上，連同紗布和這根肋骨，好像灑自己的骨灰一般，往塞凡多尼街扔了過去，一隻狗當下立即跑了過去，聞了聞，銜走了。

意象的扭曲

索邦大學（Sorbonne，巴黎第四大學）的教授 R. P. 過去曾罵我是騙子，T. D. 卻誤以為我在索邦大學任教（譯註：巴特寫了一本書叫《論拉辛》，曾飽受 R. P. 的謾罵攻擊）。

（這裡令人吃驚和興奮的；不是意見的分歧問題；而是意見的對立衝突；你忍不住大叫：**這太過份了！**——這實在是一種「**結構性**」的歡悅——或悲劇性的歡悅。）

成對的文字價值

有些語言包含有對映型態的詞素，同樣一個字可能代表相反的意思。同樣地，他用一個字可能同時包含好的和壞的意思，但他不預告：「布爾喬亞」（la bourgeoisie）這個字，從歷史的、昇高時期的、進步的眼光看，代表好的意思。可是當它代表天生優勢者，則是壞的意思。有時候，一個字可能分叉出另一個反復性的字眼：「結構」（la structure）這個字，一開始是代表好的意思，可是漸漸地許多人卻將其含義思考為一種「不動的形式」（一種「方案」，一種「大綱」，一種「模式」）。還好，其衍生字「構造」（structuration）恢復了好的意思，代表一種強烈傑出的價值：包含**行動**，反常的耗費（「不為什麼」）。

同樣道理，而且更特殊，「情慾」（l'érotique）這個字不好，可是其衍生字「情色慾」（érotisation）就有好的意思。情慾化是情慾的生產：清淡、分散、像水銀一般，行而不止；其調情方式多樣且動作繁多，它會抓住主體，假裝要留住它，但又為了別的東西放掉它（因此，有時候這個過程會被一樣不動的東西突然切斷：愛情）。

雙重粗俗

粗俗（la crudité）這個字同樣適用於食物和語言上面，由於意義含混（「極微妙」），這裡出現了一個老問題：天然（naturel）。

在語言的領域裡，薩德侯爵所使用的性的語言可以說把語言的指示意義發揮到淋漓盡致的地步（《薩德、傅立葉、羅耀拉》，137 頁），然而，充其量只是一種語言學的「偽跡」（artefact）而已；薩德的指示意義等於為語言之純粹、理想、可信的本質蒙上一層幻影，就像食物領域中，蔬菜和生肉一樣，成為自然未加工的純粹意象。但是，不管是食物還是文字，這種赤裸裸的狀況總是讓人覺得吃不消：這種粗俗會被回收為自身的符號：露骨粗俗的語言是一種淫穢的語言（愛之歡悅的歇斯底里模仿），而這種粗俗則如同文明的餐點或日本餐盤上的裝飾美學，乃是一種神話價值。因此粗俗落入一個假自然的討厭範疇：於是產生對粗俗語言及生肉的極度厭惡。

分解／摧毀

我們不得不承認，今天知識份子（或作家）的歷史性工作，乃在於保持及突顯布爾喬亞意識的**分解**。這在意象上必須保持準確性，也就是說，他們假裝自願留在這個意識的內在層面，然後努力要將這個意識加以破壞搗毀，好像把一塊糖丟入水中讓其慢慢浸透溶解。但是，分解（décomposition）對立於**破壞**（destruction），要**摧毀**布爾喬亞的意識，你不能置身其中，不置身其中而欲摧毀此一意識只有一種可能，那就是革命：今天的中國，階級意識正在被破壞，但絕不是透過分解；而別的地方（這裡，現在）其**摧毀**方式則是透過言論管道，重建置身度外之地：站在外圍，而且不動，成為一種教條語言。總之，要破壞，必須懂得「跳躍」（sauter），要跳去哪裡呢？跳到哪一種語言呢？要跳到哪一個既充滿良心又有惡意的地方呢？至於分解，我比較贊成分解的方法，我自己即跟著在逐漸自行分解：我滑動，我攀附，我驅動。

H.女神

變態的歡悅能力經常被低估〔特別指的是兩個「H」，同性戀（homosexualité）和吸食大麻（haschisch）〕。法律、主流意見、科學並不了解變態有其愉悅的一面，或者更進一

步說，變態可產生許多「更加」：我「更加」敏銳，我「更加」有感覺，「更加」饒舌，「更加」娛樂……等等，差異居住「更加」之中（因此，生命的文本，生命像文本）。反常是一個女神，一個可呼喚的形像，一種神助的管道。

朋　友

　　他在尋求「道德性」（moralité）的定義，他在尼采的著作中讀到它（古希臘人的肉體道德性），他用此字對立於道德；但又無法加以概念化；他只能以身體力行去加以論證為它發明一個**論域**。對他而言，明顯的論域便是：友誼（這個拉丁化的字眼顯得很僵硬粗魯），寧可說「朋友們」（說到朋友，我在各種不同場合不同狀況結交各種朋友）。在這個「經過陶治」情感空間裡頭，他發現這個今日仍有待形成理論的主體的實踐：朋友形成一個圈子，每個人依附其間，有內／外的區分，這空間是由異質場域形成的：在這些慾望之間，我的地位如何？我的慾望是什麼？在一連串友誼的發展中，我提出上述這樣的問題。因而熱烈的文本，神奇的文本，日復一日寫下來，從未停止，成為受解放之理想書本的閃亮意象。

　　同樣道理，人們分析紫羅蘭的香味或茶的味道，兩種味道都很特別，獨一無二，**難以形容**，其中許多要素巧妙結合在一起，產生一種獨特的品質。他想必朋友亦是如此，每一個朋友的特質之所讓他覺得可親，來自他們的特質巧妙而適

度混合在一起，絕對的充滿創意，在許多私下場合，日復一日，每一個朋友皆在其面前展現他們充滿創意的一面，而使他受惠無窮。

在古代的文學裡，有時候我們會看到一種表面愚昧的措詞：**友誼的宗教**（la religion de l'amitié）（忠誠、英雄主義、無性愛成份）。然而，其宗教中只賸下儀式的迷人魅力，他喜歡保留友誼的一些小小儀式：和某一位朋友慶祝一件工作的完成，憂慮的解除；儀式的舉行為事件加碼，雖然增加無益的補充，他卻又會感到某種變態的樂趣。因此，這段文字在此最後階段神奇地寫出，就算是一種題獻之詞吧（1974年9月3日）。

談論友誼，必須以談論純論域的眼光努力去談：如此則使我避免流於摻雜有感情的成分——談到感情，總覺**難過**，因為感情少不了想像的要素（或者說，我不得不承認，只要想像太過於靠近自己，我就激動不安）。

獨特關係

他並不尋求獨佔關係（佔有、嫉妒、爭吵）；他也不尋求一般性關係，也就是形成共同體的關係；他要的永遠是一種獨特關係，其特點是與眾不同，一種截然特殊的情感傾向，就像質地獨一無二的聲音。但這種獨特關係卻又有其弔詭之處，他可以輕易加以擴大：他只要獨特的一面；友誼圈子因此有太多雙人關係（太浪費時間，他必須逐一地去看朋

友，他不要一群人、一隊人，或盛大的交際）。總之，他尋求的是一種不對等的而同時又有所區別的複多。

反動的反動

性解放運動：這是雙重反動，從性的策略看是如此，反之亦然。但這無妨：我們現在設想，在目前已經發現的、確認的、流行的，以及解放的政治／性領域中……加入一點點**感傷**的東西：這不是**最後**的反動嗎？不是反動的反動嗎？這最後還是指向**愛情**：只是**位置不同**而已。

第二階段及其他

我寫：這是語言的第一階段。然後，我寫出**我寫**：這是第二階段〔巴斯卡（Pascal）早已說過：「思想的流露，我本要寫下來；我寫，思想脫離了我的掌控」〕。

我們今天可以說是這第二階段的大量消費者，我們知性工作中的大部分包括了對任何分階段進行之陳述的懷疑；此一分階段進行之陳述沒有止境，每一個字都打開深淵，語言的瘋狂，我們以科學方法稱之為：發言動作（énonciation）（我們為策略上的理由而**首先**揭開這個深淵：解開我們自命不凡的陳述以及科學之倨傲）。

第二階段也是一種生活的方式。我們只要把某種談話、

某種場面，或某種身體的槽口往後挪一個刻度，我們即可能
徹底改變我們的看法，並賦之以不同的意義。在情色和美學
方面即存在有第二階段（比如：kitsch 媚俗）。我們可能成
為第二階段的狂熱愛好者：拒絕直接意義、純真自然、喋喋
不休、平庸乏味、天真的重複，只願意接受層層開展的語言
（即使它的力量輕微）：滑稽模仿、意義含混、偷偷摸摸的
引言等等。一旦被思考，語言便變得具有腐蝕性，只有一個
條件：**無限地**操作下去。因為如果我停留在第二階段，我則
必須蒙受知性主義的指謫（佛家對簡單自反性的指摘）；但
是如果我除掉（理性、科學、道德等）的阻斷槽口，我讓發
言行動**自由運行**，那麼，我將不斷放鬆，無異於摧毀**語言的
良好意識**。

　　所有論述都是一種程度的遊戲。這種遊戲可稱之為：
bathmologie（程度學）。任何的新詞義，只要能夠賦與新的
科學觀念，都不會算是太過份：也就是說在語言中加以分級
配置。這種觀念前所未聞，因為它改變了我們習以為常的表
達方式、閱讀方式，和聽的方式（「真實」、「現實」、「真
誠性」）；其原則將是一種震動：好像跳躍一般，跨大步走
過所有的**表達**行為。

語言的真相：指示意義

　　福樓拜的最後一本小說《鮑法和貝秋雪》（*Bouvard et
Pécuchet*），小說中兩位角色在法雷斯的藥房裡，他們把棗

泥置入水中做實驗：「棗泥變成像一層豬肉皮，這直指了明膠的狀況。」

　　指示意義（la dénotation）可以說是一種科學性的神話：它認為語言的「真實」情況正是如此，彷彿每個句子都有其詞源要素（étymon）（來源及真相）。**指示意義／衍生意義**（dénotation / connotation）：此一雙重概念只有在真實性的領域裡才顯示其價值。每當我要考驗一個訊息（把這訊息解除神話），我就將此一訊息置放在某一外在要求之中，將之減低至像一層難看的豬肉皮，使其成為真實之基礎。只有在類似於化學分析實驗的批評運作範圍之中，此一對比的應用才有可能：每當我相信真實性之時，我即需要指示意義。

他的聲音

　　（這並非涉及任何人的聲音──但，是的！正確的說：這涉及到某一個人的聲音。）

　　我要一點一滴**描繪**他的聲音，我先從形容詞開始：伶俐的、脆弱的、年輕的、有一點破裂？不，並不完全如此，應該是：**高度教養**，有一種英國式韻味。然後這個：短促的？是的，如果我繼續下去：他把這個短促的聲音繃緊，並非透過身體的扭曲（扮鬼臉），而是透過一種沒有語言主體的聲嘶力竭，幾近失語狀態，讓他處於一種掙扎狀態：和第一種說法相反，這是一種**不帶修辭**的聲音（但並非不柔和）。為了上述這些聲音，你必須創造一種隱喻，這隱喻一旦遇上

了，便永遠抓住你；但我找不到，在我的文化字眼和此一奇怪東西（單單只是發出聲音？）兩者之間存在著一條鴻溝，而此一音響在我的耳朵裡引起瞬時即逝的記憶。

　　這種無能起因於這個：聲音一向是**已經**死的，只有透過極力否定事實才活過來；此一無可挽回現象我們稱之為聲音之轉調（inflexion）：這種聲音的轉調，使得聲音永遠處於「褪色」和「死亡」狀態。

　　由此我們了解什麼是「描述」（la description）：描述極盡其所能要描繪出物體之死亡狀態，佯裝（以為顛倒即可成立的幻想）其相信這個，並欲使之復活：「使復活」的意思就是「看著死亡」。形容詞是這個幻想的工具；不管它說什麼，透過它的描繪能力，形容詞總是陰鬱的。

突顯（清楚顯出）

　　「突顯」（détacher）是古典藝術必不可少的工作。畫家須「突顯」一個線條，一個陰影，必要時加以擴大和翻轉，藉此而完成一件作品；即使，作品本身是得統一，自然或不表示任何意義〔杜香（Duchamp）物件，單色調的表面〕，它總是會脫離一個物質脈絡（一面牆或一條街），它總是會被供奉為一件作品。由此看，藝術和社會科學、語言學、政治學完全不可同日而語，後面這些學科不斷地**整合**其所分辨之物（其分辨乃是為了進行更佳的整合）。藝術絕不求偏執傾向（paranoïaque），但始終是變態的（pervers），而且是

拜物的。

辯證法

他的論述顯然是根據辯證法的兩個對立面在進行：流行看法及其反面、主流意見及其矛盾面、老套和革新、疲倦和新鮮、品味和反胃、**我喜歡／我不喜歡**。此二元辯證法也是意義的辯證法（突出／不突出）以及佛洛依德遊戲的辯證法（來／去）（Fort／Da）：價值的辯證法。

然而，這絕對正確嗎？在他而言，他有另外一組辯證法要陳述：他眼中的兩個矛盾對立事物，臣服於另一個第三種情況，不是綜合，而是**脫離**（déport）：每一事物以「虛構」（fiction）姿態回來，換言之，以螺旋之另一旋轉回來。

多元、差異、衝突

他常常向一種哲學求助，此種哲學籠統稱為**多元論**（pluralisme）。

誰知道這種多元的偏好難道不就是否定性別二元性的一種方式？性別的對立不應該是一種自然的法則，我們必須拆除對立和其固定選項結構，同時賦與多重意義和多樣性別：將意義擴大分散（在文本的理論之中），而性別不再限定於某一特殊類型學之中（比如說，將只有**種種**同性戀，而其多

元使所有既成的，中心的論說無用武之處，幾乎不必再談）。

　　同理，**差異**（différence）這個字眼帶有堅持和吹噓的意味，因為這個字眼在仲裁解決衝突的時候顯得極有力量。衝突是性別的，語意的；差異是多元的、肉慾的、文本的；意義、性是建構和體制的原則；區別的步伐是喧嘩的、分散的、閃爍的；在世界和主體的閱讀中，問題不再是重新發現對立，而是泛濫、侵犯、躲避、滑行、移動，及偏移等。

　　按佛洛依德的說法（《摩西與一神教》），一點點的差異會引來種族主義，但大量的差異則絕對遠離之。平等、民主、大眾化等所有這些努力並不能消除「最微末的差異」，這是種族間衝突的因素。只有多元化和微妙化，這才是我們所需要的，而且不能有止境。

分割的愛好

　　分割的愛好：小塊、迷你畫、小圓圈、閃爍的精確〔依波特萊爾的說法，吸食大麻的效果即如此〕、田野的視線、窗子、俳句、線條、寫作、片段、攝影、義大利式舞台、簡短、選擇、語意學家的區分或所有戀物癖的材料。這種愛好被宣佈為進步的：上昇階級的藝術以加框架方式運作〔布萊希特、狄德羅、愛森斯坦❶〕。

---

❶　愛森斯坦(Eisenstein, 1898～1948)，蘇聯電影導演和理論家。

鋼琴指法……

　　彈鋼琴時，「指法」絕無帶有優美文雅的價值（如果是的話，應使用「觸鍵」一詞），這只是一種記錄手指頭如何彈奏鍵盤的方法而已。指法的運用在於有意識地建立一種自動規律的模式：帶有一種機械性的和動物性的功能。如果我彈奏不好──不靈活，這純粹是肌肉的問題──顯然我沒寫下指法：我即興演奏，隨意彈奏，手指亂彈一通，這時一定錯誤連篇。顯然我只圖一時聲音的享受，拒絕按部就班，因為按部就班得不到某種享受的樂趣──的確，這乃為了貪圖一時音響的歡悅〔如同神對奧菲（Orphée）的通諭，他們對鋼琴家說：「不要**太早**回頭去看你所演奏的效果」〕。一支曲子在聲音上面永遠難以真正達到的完美，猶如一種幻想在作用著：我很愉快地屈服於幻想的命令：「立刻！」這必須付出現實感的可觀喪失的代價。

不好的東西

　　主流意見（公眾意見），在他的論述中很有用處，卻是一種「不好的東西」（mauvais objet）：不要看內容，單看其形式，不好的形式，即知道這是一種「反覆」（la répétition）──但是，不斷反覆的東西有時也可能是好東西

嗎？「主題」（le thème）是一種批評的好東西，不就是不斷在反覆嗎？——來自人的身體的反覆是好的。主流意見之所以是不好的東西，乃因為其所反覆者是一種死的東西，不是來自人的身體——否則，確切的說，是來自死人的身體。

主流意見 / 弔詭

反作用的構成：一種主流意見（流行的意見）出現，不可忍受；我為了避開，就提出弔詭的言論，然後這個弔詭的言論逐漸發酵，逐漸凝固，成為一個新的主流意見，我必須往前走，以便尋找出另一個弔詭的言論。

我們來重新塑造這個過程。一本作品的源頭，不透明的社會關係，偽裝自然；第一個衝擊是解除神話（《神話學》），接著解除神話的作為變得固定不動，只是一再反覆，這時我們必須讓它位移：符號學（假設為「科學的」）開始晃動、充滿活力、擺出姿勢，鬆動神話學的姿態，然後提出一套方法；這門科學此時被一種想像所阻礙：符號學的願望超越在符號學家的科學上面（通常這很令人難過）；因此此一想像必須加以切斷，同時帶入身體的要求，一種慾望：此即「文本」，文本的理論。但是文本亦有被固定的危險，它會不斷反覆，直至失去光澤，不斷要求被閱讀，但並非出於樂趣的慾望：文本傾向於退化為喋喋不休的廢話。往何處去呢？這正是我現在所處的狀態。

像蝴蝶飛來飛去

　　這真是瘋了，一個人工作時，感到無聊煩悶，他必須藉一些方法來自我排遣：在鄉間工作（工作什麼？校閱自己寫的東西，真是的！）我列出一張清單，寫明每隔5分鐘要排遣的事情：毒殺一隻蒼蠅、剪指甲、吃一顆李子、上廁所小便、看看水龍頭的水乾不乾淨（今天才停水）、去藥房買藥、去花園看一下油桃樹上的油桃熟了沒有、聽一下收音機播報新聞、修理一下滾紙裝置……等等，我覺得我像在挑逗。

　　（挑逗，傅立葉對此有不同的稱呼：變動、更替、蝴蝶飛來飛去。）

模稜兩可

　　「智能」（intelligence）這個字眼指的是一種理解能力，或是一種同謀關係（串通勾結）。一般而言，在文本內容中，其意義我們只能擇其一。R.B.每當遇到這種有雙重意義的字眼時，他總是先保留此兩種不同的意思，其中一個意思對另一個意思眨著眼睛，而此字的意思即存在於這一眨眼之中，在同一句子的**同一個字**之中，這個字**同時**扮演兩個不同的東西，我們藉此享受其語義學的魅力。這一類的字眼因而都帶有「很微妙的曖昧」：並非由於詞彙的因素（任何詞彙

都有多許意思），而是因為由於**偶然因素**，一種論述而非語言的設計，我因而能夠**實現**它們的「模稜兩可」（amphibologie），我說出 intelligence 這個字眼，假裝主要指的是「智能」的意思，但卻**要讓人聽起來**指的是「同謀關係」的意思。

　　這種模稜兩可的現象（不尋常地）極多：Absence（沒有人在和心不在焉），Alibi（另一個地方及警察使用的不在場證明），Aliénation（好字眼，同時指社會和心理方面），Alimenter（對象可以是大盆和會談），Brûlé（大火和拆穿面具），Cause（起因和人們擁抱的事業），Citer（叫出和複製），Comprendre（包含和了解），Contenance（容量和行為舉止），Crudité（生食和下流），Développer（修辭的意思或自行車比賽中用的意義），Discret（不連貫和含蓄），Exemple（文法的和放蕩的例子），Exprimer（榨果汁或表達內在意思），Fiché（釘上或被警察製成檔案），Fin（限度和目的），Fonction（關係和功用），Fraîcheur（溫度和新鮮），Frappe（標記和流氓），Indifférence（沒感情和沒區別），Jeu（遊戲活動和機器零件的轉動），Partir（離開和吸毒），Pollution（污染和手淫），Posséder（擁有和支配），Propriété（財產和措辭），Questionner（訊問和請求），Scène（劇場和爭吵），Sens（方向和意義），Sujet（行動的主體和論述的對象），Subtiliser（變得細膩和偷竊），Trait（圖解的和語言學的特徵），Voix（身體器官和文法元素）……等等。

　　雙重意義的一些檔案：有許多阿拉伯文的字眼，常常是一個字卻有兩個相反的意思（稱為 addâd，見 1970，Ⅰ）。古希臘悲劇中，觀眾對劇中人物對白之了解，常常多於原來

的本意（1968，Ⅰ）。福樓拜的聽覺妄想症（為其風格的「錯誤」所折磨），索緒爾也是（為古代詩文中字母變位所造成的特別聆聽方式所折磨）。我們的結論是：與我們所期待者相反的，我們所讚美的，尋求，不是詞的多義性（多重意義），而是詞本身的曖昧含混和模稜兩可。幻想不**會**聽到一切意義（不管是什麼），它只聽到**其他**東西（關於這個，我比我自己所提倡的文本理論更為古典）。

旁敲側擊

　　一方面，他對一些大題目（電影、語言、社會）的談論都讓人記不起來：論文（談論事物的文章）只是一堆廢物而已。也許談得貼切，也是微不足道（如果有話），都只是來自邊緣，精簡的隻字片語，寫在括弧裡，**旁敲側擊**：是主體的畫外旁白。

　　另一方面，他從不解釋什麼（他不作任何定義），他不解釋任何急切需要或自己經常使用的一些觀念（總是歸納為三言兩語者）。他常使用「主流意見」（Doxa）這個字，但不去作定義：不為「主流意見」作任何特定說明文章。「文本」只用於隱喻：這是占卜的領域，這是一條長凳、一個多面立方體、一種賦形藥劑、一道日本濃味菜肉料理、一片喧嘩的舞台背景、一條辮子、一條瓦倫西亞絲織精品、一條摩洛哥季節河、一個壞了的螢光幕、一種千層麵包、一個洋蔥……等等。當他寫一篇「關於」「文本」的論文時（收入百

科全書），他並不反對如此做（他從不否定什麼：以何現時名義呢？），但這是一項工作，而不是寫作。

迴音房

　　說到和他四周圍一些體系之間的關係，他是什麼？他是一間迴音房：他拙於複製思想，他跟隨字眼；換句話說，他拜訪，也就是禮讚字彙，他**引用**觀念，他以一種名稱反覆這些觀念；他把這個名稱當作一種標誌（像在實行一種哲學的意念書寫（idéographie）那樣），這個標誌使他免於更加深入鑽研他以符徵姿態所附屬的那個體系（他只是向它打招呼而已）。**移情作用**（transfert）來自精神分析，而且似乎一直待在那兒，卻很高興能夠擺脫伊底帕斯情結觀念。拉岡的「想像界」觀念延伸到古典「自愛」觀念的邊緣，而**壞信仰**（mauvaise foi）觀念來自沙特的體系，和神話批評結合在一起。「布爾喬亞」觀念攜帶馬克思主義主要的批判力道，卻不斷氾濫至美學和倫理學。如此這般，文字不斷變遷，體系，互相交融，現代性受到試驗（好像把收音機按鈕轉來轉去，雖然不知如何操作），文本和文本的互動關係因而產生，但只**停留在表面**，人們可**自由**加入，名稱（哲學的、精神分析的、政治的、科學的）則保留和其原來體系間的臍帶，不會被切斷：頑強又滑動。情況之所以如此的理由乃在於人們無法同時深入鑽研一個名稱，又不要慾望它。對他而言，慾望獲勝，而這其中的興趣屬於一種教條的震動。

寫作以建立風格開始

　　夏多布里昂（Chateaubriand）寫作時特別喜歡使用省略連接詞的方式，他稱之為「錯格」（anacoluthe）（違反正確語法結構的文體，見NEC，113），他有時會使用這種風格：牛奶和耶穌會士之間有何關係？請看：「……叭嚓聲響，傑出的耶穌會教士吉納肯把牛奶般聲音元素置放在寫作和語言之間」（《文本的歡悅》，12頁）。還有許多其他的對比法（意願的voulues，構成的construites，框住的corsetées），以及一些文字遊戲，由此形成一整套體系（樂趣：不可靠的／歡愉：早熟的——plaisir：précaire／jouissance：précoce）。簡言之，寫作中看到成千的 Style 痕跡，而且是 Style 這個字最早的意義。然而，此一風格問題用來讚頌一個新的價值，那便是**寫作**，而寫作是風格之泛濫，把風格帶到語言和主體的其它領域，早已脫離文學既定的分類符碼（一個失勢階級不合時宜的符碼）。這種衝突可以這樣看：散論的寫作方式和政治意圖、哲學觀念，以及真正的修辭格式（沙特作品中到處充滿）等結合在一起，但是，風格可說是寫作的開始：即使戰戰兢兢，很怕被人整編利用，他開啟了符徵當道的紀元。

卡　片

在床上……

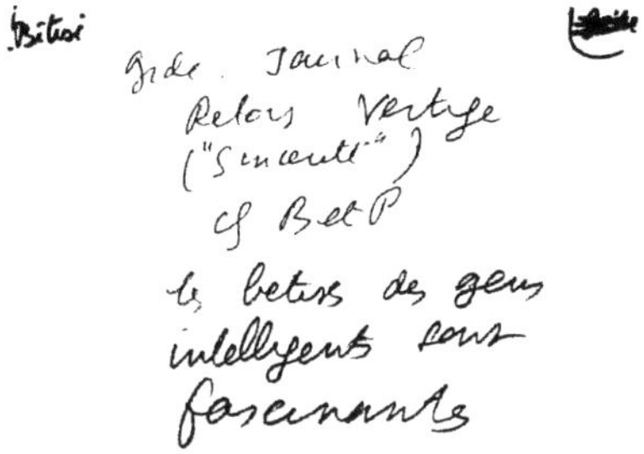

……在外面……

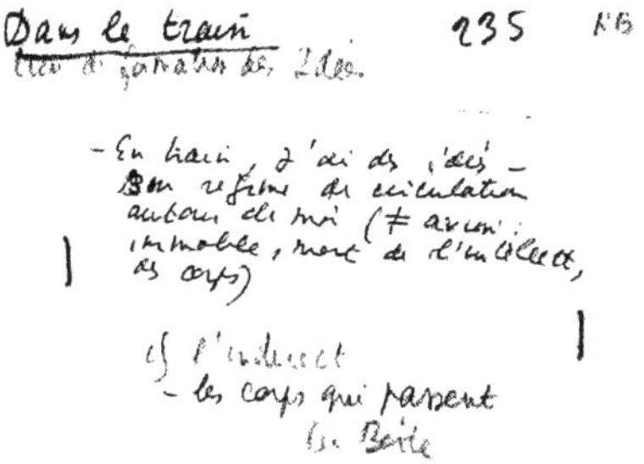

顛覆：一開始，卡片依不同衝動寫下記號。

……或是在案前

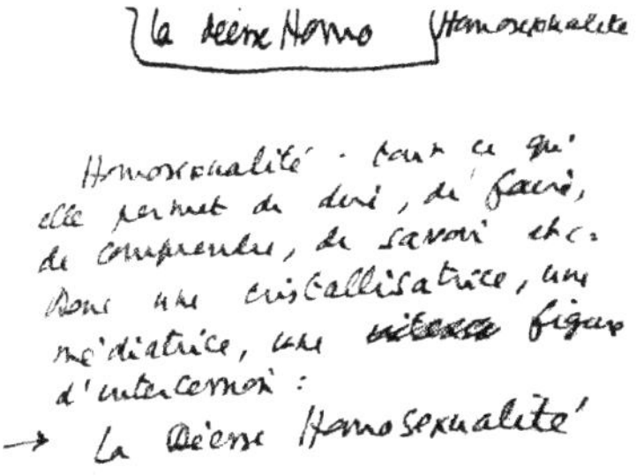

烏托邦何用

　　烏托邦何用？製造意義。在今天，此時此刻，烏托邦可以說是啟動符號系統的二次度詞語：現實的論述成為可能，我從失語症中走出來，我從慌亂中警醒過來。

　　作家很熟悉烏托邦，因為作家是意義的賦與者：他的工作（或說他的歡悅）乃在於給予意義，名稱，但必須是在有選項結構存在的狀況下，必須依循**是／不是**的聲音為憑藉，二者擇其一對他而言，這個世界就像是一個徽章，一個硬幣，閱讀的兩個面，他自己的現實是反面，烏托邦是正面。比如，文本就是一個烏托邦；其功能——語意學功能——在於賦與當今之文學、藝術、語言以一種意義，因為大家宣稱這些東西為**不可能**；不久之前，人們用過去的文學來詮釋文學，今天則用烏托邦：其意義建立在價值上面：烏托邦容許這種新的語意學。

　　革命性的作品總是不太能夠表現革命的每日目的性，其方式總是暗示**我們將活在明天**，不是沖淡或抹殺當今的鬥爭，就是提供一種政治理論，單單只是為了解決人性自由的問題，卻從不理會其反應。烏托邦正是革命的禁忌，作家必須打破這個禁忌，但同時也要**負擔風險**；好比神學家在宣揚末世學一樣，他要完成倫理學的圈環，透過一些價值體系的最後視界來回應革命的**動力**（即人們要革命的理由）。

　　在《寫作的零度》中，烏托邦（政治的）帶有一種社會

普遍性的（**天真的？**）形式，好像烏托邦只能是當下醜陋環境的嚴酷相反面，好像相對於劃分只能回答以共有。然而，自此之後，一種模糊而艱難的多元論哲學應運而生：反對大眾化，主張獨行其是，傅立葉主義是也；因此，烏托邦（始終堅持立場）即包含了想像一個不斷分化的社會，分化之後的社會不再是社會，因而也不再有紛爭。

作家是幻想

　　顯然現在再也沒有年輕人會抱持這樣的幻想：**當作家！**這一代人有誰會抄襲這樣的姿態（而不是作品），口袋裡帶著一本筆記簿，滿腦子裝著一些句子，獨自行走於人群之中？（當年的紀德即是這樣的人，不管是去蘇聯，還是去剛果，在餐車上等餐點時，不斷讀一些古典作品並不斷寫筆記。1939 年的某一天，在盧特希雅（Lutecia）餐廳的一個角落裡，我即親眼看見他一邊讀一本書，一邊吃著梨子）。其實，幻想的作祟，我們只能在作家個人的日記中看出來，那就是**除去作品後的作家**：超然神聖的形式，一種記號，一種空洞。

新主體，新科學

　　他自己覺得和某一類寫作緊緊結合在一起，它原則是把

主體看成只是語言的一種效果。他想像一種廣泛的科學,而在陳述這門科學時,其學者專家自己亦包含在內——這便是語言效果的科學。

是妳嗎?親愛的愛麗絲⋯⋯

⋯⋯什麼都不想說:我想查明來者的身分,我提出這樣一個怪異的問題:「**她是她嗎?**」但我的意思相反:你看到,你聽到,這個人走過來,她叫作——或者她將叫作愛麗絲,我跟她很熟,而你可以相信,我跟她的關係很好。然後是這個:突然被發言形式纏住,一股模糊的記憶浮上來,有人問:「**是你嗎?**」然後還有,一位盲目的主體正在詢問**一位剛來的女人**(如果這不是你,這就是失望——或是一種安慰)⋯⋯等等。

語言學該注意訊息還是語言呢?後者在此意味著,我們**正在延展的語言的蓋布**?這種引申意義的語言學,我們要如何定名呢?

他這樣寫過:「文本是(必須是)這個人,他把他的背面對著政治老爹」(《文本的歡悅》,84頁)。一位批評家假裝相信「背面」指的就是「屁股」,很不好意思的樣子。他怎麼處理引申意義呢?一位壞小孩是不會把屁股亮給馬密思太太看的,他只給她看背面,既然這裡牽涉到老爹,只能用這個無傷大雅的字眼。真正的閱讀,乃是進入到引申意義裡面。地位對調:為了注意表面意義,實證語言學要處理模

糊不真的意義，甚至已經疲弱的意義，它要擺出高傲的姿態向一種幻想式的語言學求助，其意義更為清晰，更為閃亮，其主題的意義正在展現中（意義更清晰？是的，沐浴在光亮中的意義，彷彿在夢中，我瞥見到一種苦惱的、飽滿的、偽裝的處境，比我所讀到的故事還要生動許多）。

精練手法

有人這樣問他：「你說過，**寫作乃是發自身體**，可否解釋一下？」

他注意到有許多陳述，在他看來清晰可懂，許多人卻覺曖昧難解。然而，句子並非錯亂，只是精練而已：在此，令人吃不消的即精練手法之使用。我們也許可以再加上一種比較不明確的抗拒：群眾意見對身體有一種化約的觀念，通常和靈魂互相對立，所有由身體之換喻而來的延伸都是一種禁忌。

精練手法常被誤解，它擾亂人的原因是精練就是語言的極度自由，**沒有節制**：完全人為，純由學習獲得。我如今對拉封登（La Fontaine）的精練手法不再感到訝異（試看，在蟬的歌唱及其貧困之間，隱含有多少略去的筆墨），反而對一般屋裡電流和冷凍之間物理現象的省略手法感到較多訝異，此後者之抄捷徑方式純屬技術操作問題，好比學校功課或廚藝，但前者（文本）則與技術操作無關：在邏輯運用上**無前例**可尋。

標誌 / 插科打諢

　　《歌劇之夜》（*Une nuit à l'Opéra*）實在是一個文本的真正精品，如果說為了批評的必要，我需要一種諷喻來說明滑稽文本笑鬧效果瘋狂機制，無疑這部影片正好派上用場：郵場上面的船艙、撕碎的契約、場景上最後一場的吵鬧、每一段插曲（以及其他主戲）等都可以看成是文本所進行的**邏輯顛覆**的標誌，如果說這些標誌都很完美，那是因為這些標誌有喜劇效果，引人發笑，而這因為笑最後能是闡說的闡說性質消失。這之間釋放隱喻、象徵、標誌於詩之狂熱的東西，以及展現出邏輯顛覆之力量的，正是「荒唐怪誕」（saugrenu），此即傅立葉在其範例中所謂的「輕率冒失」（étourderie），完全無視於修辭上的禮貌要求（《薩德、傅立葉、羅耀拉》，97 頁）。隱喻的未來，其邏輯的走向將是插科打諢。

發射傳播者的社會

　　我生活在一個發射傳播者的社會（我自己即如此）：我遇見的每一個人或寫信給我的人，都會跟我談到一本書、一個文本、一個總結、一張說明書、一份抗議書、一張演出或展覽的邀請函等等。書寫或創造的樂趣，到處在壓迫我們；

但因為這個網路是商業性的，自由創造仍是壅塞的、瘋狂的，有如神經錯亂。大多時候，一些文本或一些演出都超乎人們的需求，大家互相攀結「關係」，但這種關係既非友誼，更不是伙伴關係；在這類寫作的大量流射之中，我們可以看到一種自由社會的**烏托邦**式景觀（樂趣的流動不必依賴金錢），在今天轉變為一種末世景象。

作息時間表

「渡假時，我每天早上 7 時起床，我下樓打開房門，我泡一些茶，我切一些麵包屑給等候花園裡的鳥兒吃，我去盥洗，我擦書桌，清理煙灰缸，我摘一朵玫瑰花，然後聽 7 點半的新聞報導。8 點時，我母親起床，我們一起吃兩顆水煮蛋，吃烤麵包片，喝不加糖的黑咖啡。8 點 1 刻，我去村裡買一份「西南早報」，我對 C 太太說：今天天氣很好，天氣有點陰涼等等，然後我開始工作。9 點半郵差送信來（今早天氣很悶，今天很好等等）。過了一會兒，麵包店的女孩開著小貨車載滿麵包，送麵包來（她學過教育，不和她談天氣）。10 點半，我準時煮一壺咖啡，開始抽今天的第一根雪茄。我們 1 點整吃午餐，然後我在 1 點半到 2 點間睡午覺。起床後開始遊蕩，因為這時我不想工作，有時就畫畫，或是去藥房買阿斯匹靈，或是在花園燒一些廢紙，或釘樂譜架、木箱、裝卡片的箱子裡，到了 4 點時我又繼續工作。5 點 1 刻，午茶時間，直到 7 點整我停下工作，我去花園澆花（如

果是好天氣），彈一會兒鋼琴。晚飯後看電視，如果節目太爛，我就回書房，一邊聽音樂，一邊寫卡片。我 10 點上床，讀兩本書，每本各讀一點；很有文學性的隨筆〔拉馬丁（Lamartine）的回憶錄或龔固爾兄弟（Goncourt）的日記集〕，或是一本警探小說（**偏愛早期的**），或是英文小說（過時的）或是左拉（Zola）。」

——這些並沒什麼意思，而且：你不僅指出你自己的階級，還使得這種標指成為一種文學性的告白，**完全無價值可言**，不再為人接受：你建構自己是「作家」，更糟的是：你正在自我**建構**。

私生活

我一揭露我的**私生活**等於將自己暴露無遺：倒不是擔心引起「議論」，而是因為我把自己最堅定的一種想像呈現了出來，而想像這種東西，別人總是勝我一籌，因之不受反轉、層出的保護。然而，「私生活」則根據一般人的主流意見而跟著變化：如果這是右派的主流意見（資產階級或是小資產階級：體制、法律、報紙），則性的私生活暴露無遺。可是如果這是左派的主流意見，則性生活的暴露並不違反什麼，「私生活」在此是一些無用的舉動，布爾喬亞的意識型態的大肆宣露，面對此種公共意見，我暴露自己的反常行為，反而比不上宣稱自己的品味那麼嚴重：感情、友誼、溫柔、感傷，以及寫作的樂趣等，透過一種簡單的結構變動，

成為一些**無法言說**（indicibles）的詞語：和可說者，人欲我說者背道而馳，確切地說——這即是想像的聲音——你期待能夠（毫不猶豫）**立即**加以說明的東西。

事實上……

　　你相信摔角的最終目的在於輸贏是嗎？不，在於理解。你認為劇場藝術和人生的關係比較起來，是虛構的，是理想的，是嗎？不，阿固爾（Harcourt）攝影棚，多的是一些瑣碎的場景以及夢幻的城市。雅典不是一個神秘的城市：它必須用寫實主義的詞語描寫，和人文主義的論述無關（1944）。火星人呢？他們並非用來演出「它者」（怪異的），而是「相同」。警匪電影並非如一般人所認為是緊張刺激的，而是知性的。維爾恩（Jules Verne）是描寫旅行的作家嗎？絕不是，他是描寫封閉的作家。星相學不是預言，而是描述（很實在地描述社會處境）。拉辛（Racine）的戲劇不是描寫愛情，而是權力關係……等等。

　　這一類似是而非的例子不勝枚舉，它們有其運行的邏輯：即表面是一回事，「事實上」又是另一回事：脫衣舞表演並非一種情色訴求，**事實上**，它在於解除女人的性徵……等等。

愛慾與劇場

劇場（被割開的場景）乃是一種呈現「優美」（la vénusté）的場所，換言之，（被心靈 psyché 及其燈光）觀看，照亮的艾若斯（Eros，愛慾）。只要劇中一個次要人物表現出某種慾望的動機（可能是反常的，與美無關，但與身體細節息息相關，聲音的質地，呼吸方式，甚至某笨拙的動作），那麼，整齣戲可能就會很生動。劇場的情色功能並非是附屬的，因為它是形像藝術（電影、繪畫）中，唯一展現身體，而不是再現身體。劇場的身體同時是偶然的，也是必然的：是必然的，因為你無法加以擁有（但它具有一種令人渴望的誘惑力）；是偶然的，因你偶而會瘋狂（你忍無可忍），你會很想跳上舞台去觸摸。電影適巧相反，電影具排斥性，它有一種命定性的本質，動作一幕一幕下去：影像只能再現**無可挽回**的缺席的身體。

（電影好比夏天時穿著襯衫的身體，把襯衫張得很開：**你只能看，不能摸**，簡言之，這樣的身體和電影，都是**假的**。）

美學論說

他很想發表一種既不以法律之名也不以暴力之名的論

說：其訴求乃非政治、非宗教、非科學，而是某種這類陳述的膳餘物和副屬品。我們如何稱呼此種論說呢？**情色**，因為這與愉悅有關；或者說是**美學**。當然，這裡指的美學是把這個古老的範疇一步步地加以稍稍扭曲，脫離反動理想主義，更為接近身體，以及自由漂流。

民俗學的誘惑

　　讀米西列（Michelet）的歷史作品，他最感興趣的地方在於法國民俗學的創立，特別是從歷史的眼光去研究此一現象──也就是說用**相對的**角度去看一些被認為最自然的事物：臉孔、食物、衣著、體質等。拉辛悲劇中的人物或是薩德的小說人物都被描寫成封閉的族群，其結構實在很值得研究。在《神話學》一書中，法國本身即形成為一個民族學世界。而且，他一向就喜歡小說中的宇宙創世系譜（巴爾札克、左拉、普魯斯特），很像是一些小型的社會。這是因為民俗學書籍中有所有他所喜愛的書籍的魔力：像百科全書，分門別類，即使是最無價值的一面亦包羅進去，最感官的一面亦然，這種百科全書不會竄改它者使它成為同者，佔據心縮小了，「自我」的確定性亦隨之減少。最後，在一切科學論述文中，對他而言，民俗學對他來說最接近虛構小說。

字源學

他寫到「失望」（déception）這個字眼時，意思就是「擺脫」（déprise），「卑鄙」（abject）指的是「要丟棄」（à rejeter），「可愛」（aimable）指的是去「可以喜歡」（l'on peut aimer），「不確定」（précaire）指的是可以「懇求」（supplier）和可以「彎曲」（fléchir），「評價」（évaluation）指的是「一種價值的奠立」（fondation de valeur），「雜亂」（turbulence）指的是一種「旋轉」（tourbillonnement），「責任」（obligation）是一種「聯繫」（lien），「定義」（définition）則是一種「劃定界線」（tracé de limite）……等等。

他的論述中可以說充滿了挖根意味的字眼，然而，在字源學中，他所喜歡的並非字的起源或其原來本義，而是字源學所允許的**疊影效果**：字可以看成是一種「隱跡稿本」（palimpseste）（擦掉舊字寫上新字的羊皮紙稿本，以化學方法使原跡復現－譯註）。我覺得似乎有一些概念**和語言互相吻合**──簡單的說，就是寫作（我在此指的是實踐，而不是價值）。

暴力、明顯的事實、自然

　　他脫離不開這個陰暗的想法，即真正的暴力指的乃是被視為**理所當然者**的暴力：明顯的事實皆為暴力，即使這種明顯的事實以溫和的、自由的、民主的方式呈現。反之，一切似是而非者或意義模糊曖昧者，則較少暴力，即使其呈現方式很武斷：大致說來，一個暴君所頒布的荒誕法律比群眾所陳述之**理所當然**事實較少暴力。「自然」可以說最終的違反規範。

排　斥

　　烏托邦（傅立葉的說法）：在這個世界中，所有不同皆不再互不相容。

　　有一次經過聖西皮斯教堂（Saint-Sulpice），剛好看到一場婚禮，正接近尾聲，他感到一種被排斥的感覺。這種場面真是無稽愚蠢：典禮儀式、宗教、結褵、小資產階級（這不是一場盛大婚禮），為什麼會有這種變質呢？這真是少有的時刻，所有的象徵堆聚在一起，他的身體被迫屈服。一下子之間，他接受了這一切，他成為對象，他彷彿突然既被排斥，然後又被圍剿：結實而慘烈。這段插曲對他而言代表一種單純的排斥，再加上一種遙遠的距離感：他的語言，他無法在此困擾的符碼中承受他的困擾，換言之，他無法**表達**出此一困擾。他感受到比排斥還嚴重的東西：隔離（détaché）。總是被安排為見證的身份，這時的論述只能屈服於一些隔離的符碼之下：或是敘述的，或是詮釋的，或是辯論的，或是

反諷的，絕不會是**抒情的**，絕不會和感人的表現手法相一致，他只能在其外尋求一席之地。

賽琳和弗蘿拉

寫作帶給我一種嚴重的排斥感，不只因為寫作把我和當下的語言（「民眾的」語言）隔閡，而且更主要的乃因為寫作阻撓我「表達自己」：寫作能表達誰呢？我們把不一貫的主體，和它的無場域性強調出來，四處置放想像的誘餌，則寫作使得抒情不能進行（即詞彙所說的中心「感緒」）。寫作是一種乾澀的、苦行的歡愉，而不是在抒發感情。

然而，在反常的愛情中，此種乾澀竟變成一種悲痛：我被阻隔，我不能在我的寫作中引發一種誘惑的**魅力**（純粹的意象），如何向他所喜歡的人談論他呢？除非所觸及的中間過程太複雜，使他喪失公開性和樂趣，要如何讓情感產生迴響？

這裡牽涉到細膩的語言困擾問題，好比在電話中的對話，常常有一方會淪為**有氣無力**。普魯斯特對這方面的問題描寫得相當好（愛情除外）（有比異質混合的例子更好的例子嗎？），當賽琳（Céline）和弗蘿拉（Flora）兩位姑媽想跟史璜（Swann）謝謝他的亞斯地酒時，她們想找出適當謹慎而又好聽的語言來表達謝意，由於方式過於曖昧不明，語言過度琢磨，瘋狂地自制，以致於沒有人聽得出來，她們製造一種雙重言說，但是，並不含糊，因為其表面並不表達任

何意義：溝通失敗，並非由於不可理解，而是由於主體的情緒——恭維的或愛情的——和表達方式的瑣碎、沉默之間產生分裂。

意義之免除

顯然，他在夢想一個可以**免除意義**的世界（如同免除兵役）。這早於《寫作的零度》一書中已見端倪，他當時已提到「免除所有符號」；以後不時提到這個夢想（比如談到前衛作品、日本、音樂，以及十二音節詩時等等）。

在一般流行的意見中，這種夢想始終存在，公眾意見也不喜歡意義，在他們眼中，意義有錯誤扭曲之處，而且經常在生命中帶來無窮盡的知性成份（你又無法阻止）：面對意義的入侵（知識分子須對此負責任），公眾意見反對以**具體**的東西，具體的東西乃用來對抗意義。

然而，對他而言，他的問題又不在於發現一種先行於意義，比如世界或生命或事物之起源等這些在意義之先的現象，他寧可想像一種後於意義的事物：好像在開路一般，跨過一切的意義，為了將意義減弱，以及加以免除。這是一種雙重策略：要反對公眾意見，必須為意義辯護，因為意義是歷史的產物，而不是自然的產物，但是要對抗科學（偏執的論說），則必須維持已廢除意義的烏托邦。

幻想，不是夢

　　作夢（好夢或噩夢）是沒有味道的（描寫夢的故事多麼乏味！），相反的是，幻想則可幫助渡過熬夜或失眠的時間，好像一本可隨身攜帶的小說，可以隨時隨地打開翻閱而不怕別人看到，在火車上，在咖啡館，等人的時候，等等。夢令我不舒服，因為我整個人被吸收在其中：夢是一種**自言自語**。幻想則是愉快的，因為幻想和現實的感受相伴相隨（隨時隨地），因此產生了一個雙重空間，隔離，分階段進行，在其中有一種聲音（我不知道是哪一個，咖啡館或是內在的奇想），好像一首賦格曲子，出現一種**間接的**狀態：某種東西開始**編製**，不要筆也不要紙，一種寫作的開始。

粗俗的幻想

　　某某跟我說過：「對薩德筆下的放蕩者，我們是否可以想像他們也有過受挫的時候？可是，根據我自己的幻想去看，他筆下那些放蕩者的力量固然聞所未聞，極盡放蕩形骸，卻仍然還是不夠強烈。倒不是因為我想在他們的顯然已經窮盡的享樂行為名單上面再添上更驚人的東西，實乃因為我唯一想像的自由是他們所沒有：我幻想和任一位街上邂逅，而又愛我慾望的人，可以**立即**享樂。的確，這些幻想很

粗俗，但是，我豈不是一位潛在的社會新聞式的薩德小說人物，對街上的女行人也想撲上去加以猥褻一番？相反的是，薩德的小說裡從不存在像報章雜誌上的論述所給予人的那種平凡的感覺」。

像鬧劇那樣重現

以前曾經被馬克思的一個概念驚嚇到，他認為在歷史中，悲劇有時會重現，但是**以鬧劇的姿態重現**。鬧劇是一種曖昧的形式，因為它可笑的重複之中仍然閃現著被重複者的身影，如同**會計資料**：資產階級在其發展的顛峰時期是進步主義者，可是當其贏得勝利，變得精明而有剝削傾向時，則充滿小氣吝嗇的特性。如同一些「具體事物」（許多平庸學者和政客的托辭），這是一個更高的價值的鬧劇形式：意義的免除。

這種鬧劇的重現可以說是對唯物主義者之標記的一種嘲弄：螺旋形〔由維科（Vico）引入我們西方的論說中〕。螺旋形轉動時，所有事物重現，但位置不同，層次更高：這是差異性的重現，隱喻緩緩行進；這是虛構。鬧劇則越盤越低，這是一種傾斜的隱喻，逐漸衰微、下墜（鬆懈掉了）。

疲乏與新鮮

「老套」的另一個代名詞就是**疲乏**。老套便是**開始**令我感到疲乏的事物。其解毒劑在《寫作的零度》中早已提出來：語言的**新鮮**。

1971 年，「資產階級意識型態」這種說法早已失去味

道，並開始「令人疲乏」，面對這種陳腔濫調老套，他小心翼翼這樣寫道：「**所謂的**資產階級意識型態」。他從不否認意識型態的資產階級標誌（要不然，難道還有別的不成？），但是他必須透過口頭或文字來糾正這種老套的說法（比如使用引號）。理想的方式是逐漸抹除這些外在的記號，避免已經固定的字眼**又得到一種本然意義**，因此，老套的論述必須採取「模擬」（mimesis）的方式呈現（小說或戲劇），由其人物執行引號的功能，阿達莫夫（Adamov）即由此成功創造出一種沒有標記的語言〔在《乒乓球》（*Le Ping-Pong*）一劇中〕，但仍然保持一定距離：一種**凍結**的語言（《神話學》，90頁）。

　　（至於論文的命定性，較之小說而言：註定要講究**眞實性**——無引號功能之可能。）

　　在巴爾札克的中篇小說《薩拉辛》（*Sarrasine*）之中，那位雕刻家愛上了拉‧贊比內拉（la Zambinella），後者對他說，只想成為他「忠誠的男性朋友」（un ami dévoué），由這個陽性名詞的使用，揭露自己原來的性別。但這位雕刻家不肯接受：他飽受陳腔濫調老套所誤導（《S／Z》，169頁），有多少次一般的論說引用這個「忠誠的男性朋友」這種老套論調？我們如果想更了解陳腔濫調老套的**壓抑效應**，則勢必得由寓言出發——半文法、半性別的寓言。詩人梵樂希（Paul Valéry）說過，許多死於意外的人，乃是起因於不肯丟棄他們的雨傘；我們看許多主體**由於不肯丟棄陳腔濫調的老套**，而對自己的性傾向產生壓抑，偏離和盲目。

　　陳腔濫調之老套，此即論說中身體所欠缺不足之處，即

我們可以確定**身體缺席之處**。另外一種相反的情況，即我所正在閱讀的所謂集體文本，陳腔濫調（傳達性書寫 écrivance）隱退之際，亦即書寫顯現之時，我因此肯定，此一段陳述乃為一**身體**所製造。

虛　構

虛構（la fiction）：一種單薄的超脫和分離，形成為一個完整的圖畫，上了顏色，好像一種轉印花樣（décalcomanie）。

談到風格的問題（「風格及其意象」）：「此乃我所欲探討的一種意象，或更確切地說，一種**視象：我們如何看到風格？**」整篇文章談論的基礎也許便是知性物體的視象。為什麼科學不給予自己擁有視象的權利呢？（事實上，科學大多時候只是擷取此權利）為什麼科學不能成為虛構？

虛構展現一種**新穎的知性藝術**（在《流行體系》一書中的符號學和結構主義便是如此定義的）。利用知性的事物，我們同時創造出理論、批評戰鬥及樂趣，我們將所有的知識及論述的對象——如同藝術——置放在**效應**的思想之下，而非置放在某一真理之下。

他想創造的不是知性的喜劇，而是羅曼史的。

雙重線條

這件作品沿著兩個動作往前連續發展：一個是**直線**（不斷往前，不斷增長，堅持一個概念、一個姿態、一種品味，以及一個意象）。另一個是**鋸尺形曲線**（相反位置反向前進，互相對立，反作用，否定，來回行走，成 Z 字形行進，Z 便是偏離運動的字形）。

愛，瘋狂

在拿破崙當首席執政的時代，對衛士下了一道這樣命令：「有一位優秀的近衛兵高鵬為情自殺，一月之中連續發生兩件類似事件，首席執政要求士兵們要自我約束：軍人要能征服情感的沮喪和痛苦，忍受靈魂煎熬的勇氣和槍林彈雨的威脅是一樣⋯⋯。」

這些為情所苦的近衛兵們，他們使用什麼樣的語言來吐露他們的感情（很少符合他們的階級和職業形象）？他們讀什麼樣的書——或聽什麼樣的故事？拿破崙很有頭腦，他把愛情比成戰鬥，當然指的並不是兩個實體的對立衝突，或互相撕打，但愛情的狂風，也如霰彈卻可能帶來耳聾和恐懼：危機、身體的扭曲、瘋狂等等。只要以浪漫風格戀愛過的人，都一定了解為愛而瘋狂的個中滋味。然而，這種瘋狂，

今天卻已找不出字眼可以形容，而且他便是因為這一點而感到瘋狂：沒有什麼語言可偷——除了非常古老的以外。

　　騷亂、創傷、沮喪或高興：身體徹頭徹尾地屈服，完完全全**沉醉在自然之中**但又彷彿是在**引用現成的句子**。在戀愛中，在瘋狂的戀愛中，如果我要說話，我在書本、老套、愚蠢中重新找到。身體和語言的混在一起：從哪一個開始？

鍛　造

　　我在書寫時，這一切是**如何進行的**？——毫無疑問，透過明確語言的反覆運作，我能夠稱之為「形像」（figures），想必存在有某些生產的形像，也存在有某些文本的操作者。這之間存在著：評估、命名、意義含混、詞源、似是而非、膨脹、列舉、迴轉等等。

　　這裡存有另一種形像：鍛造（la forgerie）（借用字相學家的術語講，鍛造指的即是書寫的模仿）。我的論說之中包含有許多的成對觀念（本義／延伸義、可讀的／可寫的、作家／寫作者）。

　　這些相對的概念乃是一種偽跡，我們從科學借用概念性的東西，一種分類的能量：我們偷取一種語言，但並不徹底加以運用；我們說不出來，這是一種本義，或是一種延伸義，或這是一位作家或寫作者等等。相對概念乃是**鍛打**出來的（如同鑄造錢幣），但我們並不完全**履行**，這有何作用呢？只是為了**說出一件事情**：在於舉出必要的選擇結構、製

造意義,然後使其源流演變。

　　這種文本的運作方式(透過形像及操作)和符號學的觀點可說是不謀而合(與其中殘存的古代的修辭學亦然),這在歷史和意識型態而言很特出:我的文本**清晰可讀**,我來自結構本身,來自文句,來自文句所組成的文本,我乃為了再製造而製造,彷彿我先有一個思想,接著使用素材和規則來呈現它:**我書寫古典**。

傅立葉或福樓拜?

　　就歷史眼光看,傅立葉和福樓拜誰比較重要?傅立葉的作品中完全看不到歷史的明顯痕跡,但當時的歷史動盪不安,而他是其中的當代人物。福樓拜透過一本小說寫出1848年的事件。但這並不阻止傅立葉比福樓拜重要:他間接說出歷史的慾望,由此看出他同時是史家也是現代人,某一種慾望的史家。

片段的循環

　　片段的寫作:片段的作品可以看成是循環圓圈周圍的石塊,我將之堆砌成圓圈,我的小小世界都是一些碎片,那麼,其核心部分是什麼?

　　他的第一個文本,或大約可稱為如此的文本(1942年)

都是一些片段的文字，他以紀德式的說法來為自己辯護。「因為不連貫至少比產生扭曲的秩序來得好」。事實上，之後他就不斷撰寫短篇文字：《神話學》和《符號帝國》的小幅圖畫式文章，《批評文集》的論文和序言，《S／Z》的閱讀單元，《米西列》的摘引片段，《薩德Ⅱ》和《文本的歡悅》的片段寫法。

　　他看摔角比賽就像是許多片段的連續，形成為比賽過程的總和，因為「摔角比賽時，每一刻都是清晰可見，而整個過程並非如此」（《神話學》，14 頁）。對這種運動比賽，他是既驚訝又偏好，他著迷於其結構方式，連詞的省略(asyndète)及文法上的錯格(anacoluthe)，這些是中斷的形像及短促的循環等。

　　片段的結構不僅與鄰旁隔開，而且每一片段的內在也都由陳述之並列（paratexe）所主宰。如果你仔細將上述那些文章編列出一個索引，就可看出此一特點，每一短文的主題都是混雜拼湊的，這看來像是句尾的押韻遊戲：「比如這些字眼：**片段、圓圈、紀德、摔角、連詞的省略、圖畫、論文、禪、間奏曲**等，您想像一下是否有任何論說可以將這些字眼連結在一起。」此即目前此一片段文字的構成方式。一個文本的索引不只是一種參考工具，其本身即為一個文本，像是第一個文本浮雕（其自身乃為殘餘部分且粗糙不平）：此亦為正規合理的句子中譫妄的部份（被打斷的部份）。

　　在繪畫上我只懂得塗鴉式的抽象畫法，我現在決定開始按部就班且耐心從學習素描著手；我嘗試臨摹一幅 17 世紀的波斯畫〔「狩獵的大爺」（Seigneur à la chasse）〕；我不

呈現整幅畫的比例組織結構，我只臨摹一些細節部分，竟產
生意想不到的效果：騎士的大腿高高棲息於馬的前胸部分
……等等。總之，我的作業方式是細部相加，而不是從整體
草圖；我對細節、片段，以及局部樣本一向就有偏好，我不
擅於完成一種「構圖」，我不懂如何製造「大塊文章」。

　　他既然喜愛發現及書寫文章的起頭，他因而企圖擴充此
一樂趣：這是為何他書寫片段文字：有多少篇片段，便有多
少文章起頭，也便有多的樂趣（但他不喜歡結尾：想要作出
修詞性結尾的風險太大了：害怕不知道如何抵抗想寫**最後一
句**，最後斷言的誘惑。

　　禪屬於佛教的一個派別，講究頓悟的方法（「漸」則相
反，講究逐層漸近），片段文字（如同日本短詩的俳句）則
類似於禪的方法，著重於一種立即的喜悅，一下子之間讓你
看清某些事物而覺得高興：這是一種論說的幻象，一種慾望
的微微抖動。伴隨這種思想的模式，你隨時隨地都可能產生
片段的靈感：咖啡館、火車上、和朋友談話之時（這時的靈
感可能來自對方所說的話，也可能來自我自己——但是橫向
生來），這時可以拿出筆記本，並非要記下一種「思想」，
而是記下某種類似印記的東西，這在古代乃稱之為「詩句」。

　　那麼，當我們記下這些片段時，這些片段是否毫無組織
可言？不會的：這些片段就像是一種反覆循環的樂念（情歌
或是情詩），每一片段自成一體，但卻又為其隔鄰的一種間
隙——作品只是由文本之外（hors-texte）所組織。最了解且
擅於運用片段的人也許是舒曼（Schumann）在魏本（We-
bern）之前——，他把片段稱為「間奏曲」（intermezzo），

他在某作品中大肆發揮間奏曲的效能，結果他創作了許多
「插入」的東西：插在什麼和什麼之間呢？一組中斷的東西
到底代表什麼意義呢？

　　片段有其優點：一種高度的濃縮，不是思想，不是智
慧，也不是真理（如同格言），而是一種音樂：和**不斷發展**
對立的乃是**音調**，可以發出聲音，可以唱出來，成為一種
「措辭」，「音域」在此主宰。魏本的一些短曲：沒有節
拍，卻多麼的有力！

片段的幻象

　　我錯以為我的論述一中斷，我就停止和自己進行想像的
交談，我減輕超越的危險；但是片段乃是一種修辭的類型
（如俳句、格言、思想、報紙方塊文章），而修辭學**畢竟**是
語言中最適合受詮釋的層脈，我以為我會因而離散自我，卻
只是乖乖地重新回到想像的溫床。

日記的片段

　　我們藉口摧毀長篇論文，使能規律寫些片段的文字，最
後則走向「日記」。但是，片段文字之寫作的至終目的就是
日記嗎？我可以有權說，我私下努力記載日記，不屈不撓，
是否為了有一天可以自由地使得紀德式「日記」的主題得以

再現？存在於最終之地平者，豈非初始之文本（他最早期的
文本的對象即為紀德日記）。

　　（自傳的）「日記」在今天已經不甚流行，失去信賴：
這像是一個文字遊戲。人們在 16 世紀時開始寫日記，自然
而然，人們稱此為 diare：腹瀉和生蛋白（diarrhée et glaire）。

　　我寫片段文字，我反覆檢視我所寫的片段文字（修改潤
飾等等），這就像是在觀照我的垃圾（自戀）。

草莓酒

　　突然，夏呂（Charlus）身上的女人因子展現了出來：並
非他在追求軍人或馬夫的時候，而是在維杜林（Verdurin）
家，用極尖銳的聲音要求喝草莓酒時。飲料是否是一個**良好
的閱讀者**（尋求身體之事實的頭腦）？

　　有一些飲料我們一輩子都在喝，卻從不喜歡：茶或威士
忌酒。我們時常在喝這些飲料，卻覺淡而無味。我們尋求一
種理想的飲料：富於各種類型的「換喻」（métonymie）那一
種。

　　好酒的味道（**真正的**酒味）離不開營養。喝酒其實就像
在吃飯。為了營養學的理由，T 飯館的老闆給我一個象徵性
的規定：如果在飯前要喝一杯酒，那麼先吃一點麵包，某種
對位法和伴隨性遂應運而生；文明即是伴隨著雙重性而開始
（多重決定程序 surdétermination）。喝好酒，其味道會分出
段落，自我分裂，使得最後一口的味道和第一口的味道並不

完全相同？喝一大口好酒，如同讀一個文本，這其中必有其扭曲之處，一種程度的分階級：像頭髮，參差不齊。

　　他想起他小時候未曾享受到的一些小東西，便會發現他今天很喜歡的：冰冷的飲料（很冰的啤酒）。因為他小時候沒有冰箱（B 城水龍頭的水在大熱天時總是溫溫的）。

法國人

　　因為喜歡其水果而成為法國人（就像其他人是「因為女人」）：喜愛梨子、櫻桃、覆盆子。橘子比較沒那麼喜歡，至於熱帶水果，如芒果，番石榴或荔枝，則完全不喜歡。

打錯字

　　用打字機寫作：沒有痕跡的刻劃，這並不存在，然後突然一切完成：毫無**生產過程**，也不是近似的東西，沒有字母產生，而是一種符碼端點的驅除。打字的錯誤顯然很特殊：這是一種本質的缺點：一按錯鍵，我便直指體系核心。打字的錯誤絕不含糊，也非**不可解讀**，十分明顯可讀，帶有某種意義。然而，我的身體卻不得不和此種符碼的缺點糾纏不清：今天早上，不知何故起了個大早，卻不斷弄錯我的稿件，我寫另外一個文本（疲倦是一種麻藥）；平常的時候，我總犯相同的錯誤，比如，我老是把字母的位置搞錯，把

structure 這個字的字母位置互換，或者，老是把名詞尾巴的 s 打成 z （多麼討厭的一個字母）（平常用手寫字時，我只會犯一個錯誤，那就是常把 m 寫成 n，因為我喜歡兩隻腳，不喜歡三隻腳的字母），這種由於機器所帶來的錯誤，並不是漏失，而是置換，和個人可寫錯誤之亂源不同。透過機器，潛意識可以比手寫時更加確定地書寫，我們可以想像一種**字母分析學**，比無味的字跡學更合題；一位好的打字員的確從不犯錯，她沒有潛意識。

意義的顫動

很明顯，他的所有工作都在探討符號的道德性（道德性 moralité 不同於道德 morale）。

在這種道德性當中，意義的顫動佔有雙重位置；這是「自然」開始活動，展現意義的初始階段（再度成為相對性的、歷史的、特殊表達法的），**自然而然**的幻象（令人討厭）開始剝落和爆裂，語言的機器正式上路，「自然」因在其中壓合的，沉睡的社會性開始打顫起來。在句子的「自然」之前，我感到訝異，好比黑格爾的古希臘人在「自然」之前也感到訝異一般，他在傾聽其中意義的顫動。然而，此一語義學之初始閱讀時代，我們看到所有事物皆一致走向其「真實」之意義（歷史之意義），卻有另一個價值和其近乎矛盾地相應意義在消失於無意義之前，仍然顫動不已：**意義的確存在**，但卻教人捉摸不定；它像流動的液體，在熱氣中

微微沸騰著。社會性的理想狀況應該是：許多意義不斷互相攪和著，各自不為一固定形式之符碼所束縛，而能夠閃爍其光芒，大放異彩。這只能說是一種快樂的期待，卻不可能實現，因為這種理想意義在顫動之時立即為一種固定的意義無情地加以回收（比如主流意見），或是被一種無意義的意義加以回收（比如自由的神話）。

（此一顫動的形式包括有：文本、意義之不斷生展，或者可能是：中性。）

奔騰的歸納法

推理的誘惑：由夢（或追女人）的故事排除聽者（對該所指對象）的樂趣，推斷「故事」的功能之一乃在於**排除**其讀者。

〔兩種疏失：其一，夢的故事令人厭煩，這種說法是怎麼來的（難道不是因為這其中只有純個人的感情？其二，夢的故事不斷在「故事」的範疇中持續擴張並極度抽象化，以致最後被加以濫用，無所不至。這其中最重要的，乃是似非而是的吊詭的滋味：有能力的暗示敘事不是投射性的，有能顛覆敘述當中的主流意見。〕

左撇子

慣用左手，這是什麼意思？吃飯時餐具的位置要相反擺置，打電話時，如果前面是一個右撇子剛用過電話，那麼你就必須把電話聽筒倒過來，剪刀的設計無法配合你的姆指。以前上學時，因必須和其他同學動作一致而帶來許多不便，必須使得身體合於規範，以自己好使用的寫作為中學小社會的祭獻禮（我繪圖時用右手，但是上色彩則用左手：這是驅力的復仇）。這種排斥是溫和的，沒什麼後果，被社會地容忍，整個青少年時期皆是如此，像是印上了一道穩定不移皺摺：終於習慣下來，並且繼續。

觀念的姿態

拉岡式主體（比如說）絕不會讓他想到東京這個城市，但是東京這個城市卻會讓他聯想到拉岡式的主體概念。這是持續進行的程序：他很少從一種觀念中去創造出意象：他從一種感性的物體開始，然後希望從他的工作中為它尋找出某種**抽象的概念**，那是從當代知性文化中抽取出來的一種抽象概念。哲學於是只是一些特殊意象的儲存所，只是一些虛構的觀念（他借用對象，而不是推論）。詩人馬拉美（Mallarmé）談過「觀念的姿態」：他首先發現一種姿勢（身體的表達），

然後才是概念（文化及互文的表達）。

深　淵

　　我們有沒有可能——或者以前的人有沒有可能——不模仿別人即可開始寫作？必須以形像的歷史來取代來源的歷史：作品的起源，不是這一個影響，而是第一個姿態：我們抄襲一個角色，然後透過換喻的手法之運用抄襲一種藝術：我之創作乃在於，我複製我想成為的樣子。此一最初的願望（我想要，我去專注）建立了一個幻象的祕密體系，由此代代相傳，而此一體系大多時候還獨立於受慾望的作者之寫作。

　　他早期一篇談紀德日記的文章（1942 年），以及另一篇〔1944 年，〈在希臘〉（En Grèce）〕顯然模仿紀德的一本小說《地糧》（*Nourritures terrestres*）。紀德從年輕時代開始就不斷被大量閱讀，好比從阿爾薩斯（Alsace）到嘉斯可諾（Gascogne）的對角線，就好像他（紀德）由諾曼第（Normandie）到朗多克（Languedoc）劃的對角線，他也信新教，熱愛文學，會彈鋼琴，還有其它所相同之處。這樣的作家怎麼會教人不想認識，不想去追隨呢？紀德像一個深淵，永恆不變，我的腦中始終迴盪著這個形像。紀德是我的語言的源頭，我的**原生濃液**，我的文學濃湯。

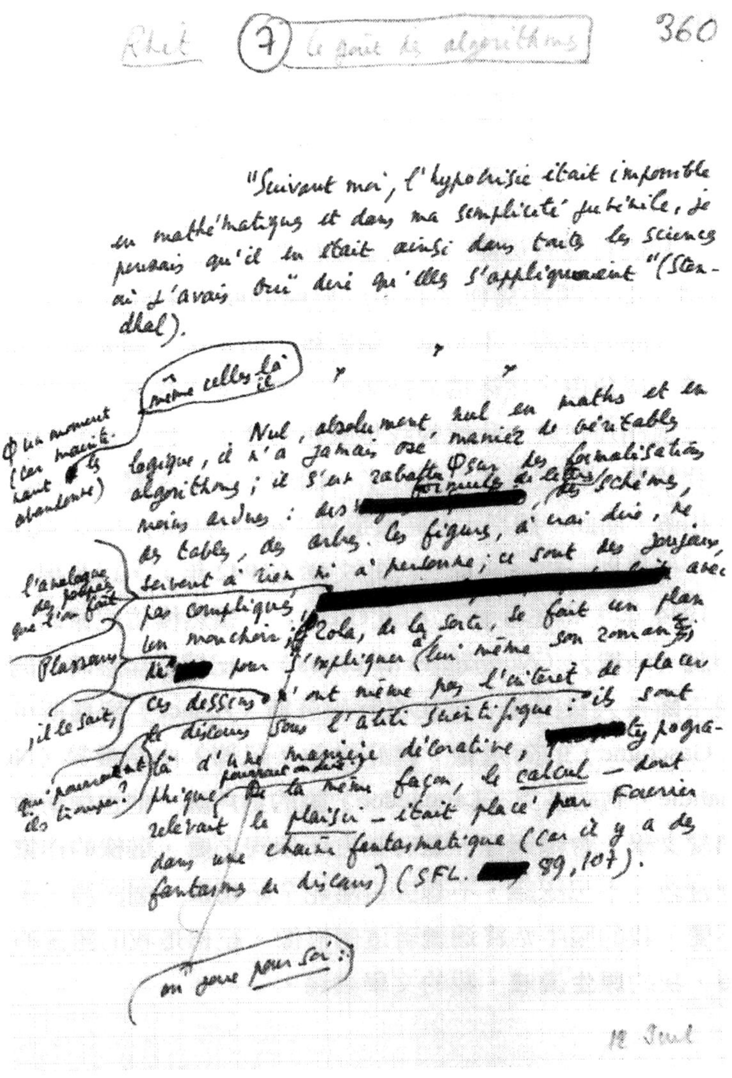

Rhet　(7)　le goût des algorithmes　　360

« Suivant moi, l'hypocrisie était impossible en mathématiques et dans ma simplicité puérile, je pensais qu'il en était ainsi dans toutes les sciences où j'avais ouï dire qu'elles s'appliquaient » (Stendhal).

même celles-là

Nul, absolument nul en maths et en logique, il n'a jamais osé manier de véritables algorithmes ; il s'est rabattu sur des formalisations moins ardues : des formules, des lettres, schémas, des tables, des arbres. Les figures, à vrai dire, ne servent à rien ni à personne ; ce sont des joujoux, pas compliqués... Zola, de la sorte, se fait un plan... pour s'impliquer... son roman... ces dessins n'ont même pas l'intérêt de placer... ils sont... là d'une manière décorative... la même façon, le calcul — dont relevait le plaisir — était placé par Fourier dans une chaîne fantasmatique (car il y a des fantasmes de discours) (SFL � 89, 107).

on joue pour soi.

修改？毋寧説是把文本化爲滿天星斗，樂在其中。

算術的樂趣

他從未真正作過算術，有一陣子他勉為其難嘗試比較簡單的形式化的東西（但這種嗜好已經消失了）：簡單的方程式、圖式、圖表、系譜等等（但不久此等嗜好也消失了）。坦白說，這些圖形沒什麼作用，像是一些不甚複雜的玩具，像是碎布做成的洋娃娃，給人自我取樂用的。左拉曾經為他自己作過一幅普拉松（Plassans）的地圖。但他知道，這些圖表並不能使他的論述屬於科學理性；因為論述有其幻想，能瞞騙誰呢？然而，許多人仍樂於玩科學，把科學放在圖表裡，好像貼張紙上去。同樣地，**計算**——很能帶來**樂趣**——在傅利葉筆下就變得充滿了幻象（因為論述有其幻想）。

假如我沒有讀過……

假如我沒有讀過黑格爾，沒有讀過《克列夫公主》（*La Princesse de Clèves*），沒有讀過李維史陀（Lévi-Strauss）的《貓》（*Les Chats* 或《反伊底帕斯》（*L'Anti-OEdipe*），則怎麼樣呢？——有些書我沒讀過，而且是在有時間去讀以前便被人告知（也許這是我不會去讀它的原因），這些書的存在如同他人：有其可理解性、有其紀念性、有其行動模式。我們難道沒有接受**非文字性**文本的自由嗎？

　　（壓抑：要拿哲學學位非讀黑格爾不可，對馬克思主義的知識分子或巴岱依專家而言也是，我自己呢？我讀書的義務要從哪裡開始呢？）

　　從事寫作的人大多輕易地接受減低或迴避表達尖銳的概念（必須冒險使用我們說下列話語的的語調：**對我而言什麼才是重要的？我不是已經有了最本要的事物了嗎？**）：寫作者喜歡某種情性，某種精神的**輕易**，因為寫作時我不會在意自己的愚蠢，說話時卻會（教授總是比作家聰明）。

異質學與暴力

　　他無法解釋他能夠（跟一些人）支持異質學的文本理論（亦即決裂的理論），同時又展開對暴力的批評（不過，他倒從將其進行極致的發展與承受）。一個人強烈喜愛漂流，他如何能和前衛派及其教父們走在一起？——除非有其值得這麼做之處，因為其中可窺見分裂的**另一種風格**，雖然這可能要以某種隱退為代價。

孤獨的想像

　　許久以來，他一直在某種偉大體系（馬克思、沙特、布萊希特、符號學、文本理論）的扶持下從事研究。今天，他似乎能夠更進一步自由自在寫作，不需要支持，除了一些古

代的語言（因為人必須有其他文本的支撐才能說話）。他如此說並無宣佈獨立之自負，也不是感嘆孤獨；他只不過想自我說明某種今天捉住他的不安全感，而且，說明他有一種模糊的苦惱，**退化**成不重要的事物，他像是古代事物，《自生自滅》。

　　——你在此宣稱你的委屈，你離不開想像，更糟的是，根本還在心理學中打轉。然而，這麼一來，因為一個您沒能預見的反轉，而且還會視而不見，您正是證明了您的診斷正確：的確，您在**向後看**。——不過，這麼一說，我是又逃出來了……等等。（**如此層層推衍**）

假道學？

　　談到一個文本，他稱讚作者之不考慮讀者。可是他發現自己在寫作此一贊詞的時，卻處處都在為讀者設想，總之，他從未放棄製造**效果**的藝術。

有如快樂的觀念

　　當下流行的意見不喜歡知識分子的語言。他經常也被人控訴操弄些知識分子愛用的術語。他覺得自己是一場種族主義的對象：人們要排除他語言，也就是說，他的身體，「你所使用的語言和我不同，我要排除你。」米西列自己就很排

斥知識分子、司記官及教士這些人，將之列為**次性別人種**（但他的主題開闊，可以原諒）。這是小布爾喬亞對知識份子的觀感，**由於他們所使用的語言**，便被判定為次性別的人，換言之，被剝奪陽剛之氣的人：反知識分子主義的真義是陽剛主義的抗議。而知識分子，只有如同如沙特筆下的惹內（Jean Genet），主動承受這個外加的標籤。

　　然而（這是所有社會控訴經常有的狡點），對他而言，意念為**樂趣的染紅**。「抽象的概念與感官的享樂並不互相牴觸」（《神話學》，169 頁）。即使他在從事結構主義研究之際，在討論人的**心智能力**之時，他也是將知性活動緊緊結合於快樂，這好比**全景觀念**——由艾菲爾鐵塔可觀看到的（《論艾菲爾鐵塔》，39 頁）——這是一個既知性又快樂的對象，它讓他在感受到一種「理解」眼中所見之景觀幻覺的同時，帶來一種身體的解放。

被誤解的觀念

　　人們看到同一個批評的觀念（比如：命運是一種聰明的設計，它**正是**會不期然降臨在人的身上）給一本書（《論拉辛》）帶來靈感，不久之後同樣的靈感又降臨在另一本書上面（《S／Z》，181 頁）。有許多其他觀念同樣不斷出現：因此他在其中有所執著（有什麼魅力呢？）然而，這些迷人的觀念卻老是得不到任何迴響。簡單的說，我之所以自我激勵不斷反覆述說，**正是**因為讀者總是「對我不理不應」（我

們不得不再重複一遍，命運的確是一種聰明的設計）。另一方面，我很高興能夠出版（負起說出這個表面上充滿幼稚的見解的責任），「人寫作是為了被人喜歡」這種說法；有人告訴我說 M. D.認為這句話愚蠢至極。其實，要體會這句話必須經過**三個階段**：首先，感受這句話有其感人之處；其次，感受其愚蠢之處；**最後**，你會自由地發現這倒是挺有道理的（M. D.從未走到這個階段）。

句　子

　　句子被揭發為意識型態事物，寫出來之時卻充滿了快樂（這是片段簡約的本質）。有人也許會覺得主體在此自找矛盾，或把這種矛盾歸納為一種驚訝，甚至是一種批評的倒置：以第二度倒錯為名，是否有**一種意識型態的歡悅**？

意識型態與美學

　　意識型態：重複和**堅實**的的事物因為後一種特性而自外於符徵之種屬）。因此，意識型態（或反意識型態）之分析只要重複和堅實化（只要純粹為了保住顏面擺出確定姿態並鞏固地位即可），便可使此種分析自己成為一種意識型態的物體。

　　怎麼做呢？有一種解決的辦法：**美學**。在布萊希特的作

品中，意識型態的批評並不**直接**展現（不然，他會用同一語言不斷反覆加強他的述說），而是透過美學的中介。反意識型態所使用的虛構不是寫實的東西，卻能公正。這也許是我們社會中美學的角色：提供一種**間接**但**及物**的論述的規則（它可以改變語言，但並不強調其影響力及心安理得）。

　　我曾對 X 說他的文章（嚴厲批判電視）論理性太強，缺乏美學上的防衛。他一聽便表示不以為然，立即拿我說過的話反駁我：他常和朋友、討論我的《文本的歡愉》一書，他說我的書「不斷觸及災難」。災難，在他眼中看來無疑正是墜入美學之中。

想　像

　　想像是一種意象的全然假定，存在於動物之中（但象徵則否），因為動物會直接走向誘餌、那是性，或是敵人所提出的誘餌。這種動物性的地平是否可為想像帶來一種超凡的樂趣？從**認識論**眼光來看，這不是未來一個值得探討的領域嗎？

　　本書一直努力在呈現想像這個東西，「呈現」（mettre en scène）的意思是：分段配置佈景的撐架、分配角色、建立階層，甚至，使得欄杆成為不確定的柵欄。因此，重要的一點是，想像必須依其程度去加以處理（想像是一樁和堅固有關的事，涉及到堅固的問題時，則必須考慮程度），在這些片段文字中，有許多不同程度的想像。然而，這裡出現一個

困難，即我們無法給程度編號，如同給酒類或痛苦的程度編號一樣。

古代的學者很聰明，他們有時會在一個主張之後，附註（不確定）的記號。如果想像建立了一個隔絕的世界，其**難過**便必然會出現，這時每次只要以一種後設語言的操作去加以呈現即可，以便可以免除其書寫責任。這裡有一些片段我們即可如此加以處理（引號、括號、口述、場景、層層推衍等等）：主體分裂（或**自我想像**如此），有時便有能力為自己的想像簽名。但如此並非萬無一失，因為有一種明晰的想像，將我所說加以切分，其實我無論如何僅能說出一個較遠的意象，產生一個次要的做作神態；此外，想像的步伐經常像狼一般，輕輕在簡單過去式，代名詞記憶溜滑著，也就是所有在鏡中看到的自己的意象：**我，自己**。

夢即是如此：既非一種空無的文本，亦非明晰的文本，而是一種不確定引號中的文本，或是漂浮括號中的文本（不關閉括號，即是**偏流**）。這必須依賴讀者來決定，他製造閱讀的**等級**。

（在其飽滿的程度中，想像可被如此檢驗：我想寫我自己，但卻感受到寫作的難堪。或者：不受讀者愛戴就不寫。然而每個讀者皆有自己之偏好，如果可以區分他們的偏好，便可區分片段本身：每一作品皆註明想像的等級，他認為可能會被喜歡或被接受的，皆加以註明，如此便不會有想像有人不愛他卻在讀他的難堪，或簡單地說：**他只是好好檢視一番**。）

放蕩玩樂的人（Le dandy）

　　瘋狂使用似是而非的言論可能內含（或單純地說，內含著）個人主義的立場，或者說，可能內含放蕩的玩樂。然而，雖然他是遺世獨立的，放蕩玩樂的人絕不會只有一人。S 是個學生，他跟我說——充滿遺憾——現代的學生都很個人主義；處在現代世界中——悲觀和遺憾的時代——如果不去搞運動，整個知識階層都可說是放蕩玩樂的人（放蕩玩樂的人只有一種養老會的哲學：及時行樂）。

什麼是影響？

　　人們可以在《批評論文集》中，看到寫作的主體如何「演變」（從一種介入的道德到一種符徵的道德）：他依他所談論的一些作家在逐步演進。引發這個演變的倒不是這些作家本身，而是**帶領我去談論他們的其他東西**：我自己影響自己但是**透過他們的許可**，我去談論他們，但我卻被迫由此想到的我自己（或不依此想我自己）等等。

　　因此，我們要區分我們所談論的作家以及他們的影響，而這個影響並不外於或早於我們的談論，另一方面則是我們正在讀的作家（較古典的觀念）。可是，這些作家，他們對我產生了什麼作用呢？一種音樂，一種思考性的音響，這有

點像多少具有密度的變換字母位置的遊戲（anagrammes）（我剛讀完尼采，我的腦中充滿了尼采，可是我所慾望的，我想捕捉的，則是一種觀念句子歌唱的聲音：影響純粹是一種韻律的東西）。

微妙的工具

一種前衛的企圖：「這個世界顯然正在激烈沸騰，只有激烈的行動才能加以駕馭。但是也許我們可以找到一種既小又脆弱的工具來加以使用，這種工具必須輕盈地操作」。

〔布萊希特，《買銅》（*L' Achat du cuivre*）。〕

停頓：回顧

點心是加糖的冷牛奶，白色的舊碗底部有一處彩釉已經剝落。我不知道用湯匙攪動牛奶時，是否會觸及那塊剝落的地方，或是觸到沒溶化的糖。

禮拜天晚上，我從外公家坐電車回來。大家坐在屋裡圍在火爐旁吃飯，大家吃著烤麵包並喝著熱湯。

夏天晚上，太陽還沒下山，許多母親們在小路上散步，小孩在一旁跑來跑去，這是節日。

有一隻蝙蝠飛進房裡，他的母親怕牠飛入頭髮，就從背後抓住他，後來大家用一條床單蓋住自己，然後用小鉗子把

他趕出去。

　　波米洛上校的塊頭很大，膚色很深滿佈著小靜脈，留小鬍子，戴近視眼鏡說著尷尬的話，有一次他跨坐在鬥牛場路旁的一張椅子上，看著鬥牛場的觀眾在他面前來來去去。要他趨前和這位上校吻頰行禮，實在是一種苦刑，多麼地令人害怕！

　　他的教父約瑟夫・諾嘉雷常常會給他一些胡桃吃，同時順便給他一個 5 法郎的銅板。

　　拉風夫人是貝幼納高中附設兒童班的老師，她總是經常穿著一身套裝，一件襯衫，狐皮領子。在課堂上要是有人能夠順利回答問題，她就給一顆草莓形狀的草莓糖。

　　貝爾特朗先生是格爾內區亞佛爾街上的牧師，他說話很慢，而且很嚴肅，說話時眼睛總是閉起來。每次吃飯時，他一定要拿出一本綠皮封套，上面鑲著編識十字架的舊聖經，唸上一小段。每次光搞這個節目就要耗去大半天。放暑假的那天，大家都擔心會因而趕不上火車。

　　每年一次，會有一輛提耶街達里格蘭店食的雙彎馬車載我們去貝幼納車站，我們搭夜車前往巴黎。每次等馬車的時候，我們就玩黃色侏儒紙牌遊戲打發時間。

　　附家具的出租公寓都因為是用郵件預定的，來的時候還住著人。於是 11 月裡的一個早晨，他們提著行李站在巴黎的製冰街一帶。一家乳品店的老板娘收容了他們，請他們喝熱巧克力，吃牛角麵包。

　　瑪薩琳街，一家吐魯斯人開的文具店有賣漫畫書；店裡老是瀰漫著油炸馬鈴薯的香味；每次老闆娘從裡頭出來時，

總是一邊咬著炸好的馬鈴薯片一邊走著。

　　初二年級的老師歐特利先生氣質高尚，他常常手上拿著一個玳瑁單邊眼鏡，身上老是散發出辣椒味道。他把班級分為「營」和「席」兩個部分，每個部分都有一個「首領」。這只是為了大家便以希臘不定過去式語動詞作辯論而設計。（為什麼老師們總是回憶良好導體？）

　　大約是 1932 年，5 月裡的一個禮拜四下午，在第 28 號片場，我獨自一個人去看「安達魯之犬」（*Le Chien andalou*）這部片子。看完出來時，已經下午 5 點，整條托洛傑街到處瀰漫牛奶咖啡香味，原來是洗衣服女工正在休息喝咖啡。這是過度恬淡造成的去中心化，欲辯已忘言。

　　在貝幼納時，由於公園裡有許多大樹，蚊子就跟著多了起來，房子必須裝紗窗（但紗窗上有洞）。有時我們在屋裡點一種叫作費迪布斯（Phidibus）的蚊香；另一種蚊香叫作飛狐（Fly-Tox），煙從一個唧筒冒出來，但其中幾乎總是空的。

　　高 2 的老師杜布耶先生脾氣很不好，他每次提出問題都沒有人會回答，他自己也不肯解答，有時大家就僵持在那裡，達 1 個小時之久；有時有人會回答了，不然他就叫學生去校園裡散步。

　　夏天，早上 9 點鐘時，兩個小男孩在貝利斯地區一幢低矮不起眼的房裡等我；我要教他們寫暑假作業。他們的祖母很瘦小，會用喝水杯為我準備一杯加牛奶的咖啡，放在一張報紙上，咖啡看起來有點灰白，糖加得特別多，難喝得要命。

　　等等……

　　（因為不是自然界中的產物，回顧必須用「等等……」

來結束）。

我稱之為回顧行為的——混合著快樂的努力——乃是主體努力去追尋，**不加油添醋**，簡單的記憶而已：好像日本的俳句短詩。傳記元素（biographème, SPL, p.13）說穿了只不過是一種造作的回顧而已；我把它們附加在我喜歡的作家身上。

上述這些回顧的片段多少有些**黯淡**意義：不受惡義沾染），越是用黯淡的手法處理，越不和想像掛鉤。

愚　蠢？

古典的觀點（以人之統一為基礎）：愚蠢是一種歇斯底里，只要能看到自己的愚蠢，就會變得比較不愚蠢。辯證法的觀點：我接受把自己變成複數，使我的內部存在著愚蠢的小角落。

他時常覺得自己很愚蠢，因為他只擁有一種**道德的**知性（換句話說，非科學，非政治，非實際行動，亦非哲學等等）。

寫作的機器

大約在 1963 年左右（談到拉布利葉 La Bruyère，《批評論文集》，221 頁），他襲用了隱喻／換喻（métaphore/métonymie）這一對概念（其實這一對概念早在 1950 年和 G

的談話中已經觸及過）。概念這種東西好比一根探測水源的棍棒,尤其成雙成對呈現,則可提出一種寫作的可能性;他說,在此隱藏一種述說某些事情的力量。

　　由於對概念的著迷,持續的狂熱,和可消滅的各種的癖好,寫作因而進行著。藉由小小的宿命,愛情的危機,論述向前挺進著(語言狡猾之處:**著迷**即意味著**阻塞**:字梗在喉嚨裡,好長一段時間)。

空著肚子

　　布萊希特和他的演員約定下一次排演的時間時,他對他們說:不要吃東西,空著肚子!別搞髒了,裝滿了東西來,不要有靈感,或是溫柔有情,好意主動,乾乾的就好,總之,空著肚子。我所寫的要我在八天後**空著肚子**,不知能否忍受得了?這個句子,這個觀念(這個觀念句子),當我找到它的時候,我覺得很有意思,但誰能告訴我當我**空腹**時,我不會覺得噁心?要如何判斷我的倒胃(對我的排泄廢物倒胃口)?要如何準備最佳的自我閱讀程度:不要去喜歡,只單單對所寫的**保持空肚子**的時候可以忍受的狀態?

吉拉利的來信

　　「請接受我的問候,親愛的羅蘭。您的信帶給我極大的

快樂，因爲您的信證明了我們之間的親密友誼的確是無懈可
擊。因此，我很高興給您回信，我要接受您對我的關注並由
衷表達我的謝意。親愛的羅蘭，這次在信中我要跟您提一件
困擾人的事情（我認爲是如此）。事情是這樣的：我有一個
弟弟，還在唸初三，對音樂很著迷（他很喜歡彈吉他），目
前正在談戀愛，但是貧窮卻讓他一蹶不振，（他目前的情況
很糟，《如同你們的詩人所說》）。親愛的羅蘭，我想拜託
您能夠爲他在你們友善的國家裡尋找一份工作，越快越好，
因爲他現在的生活充滿了憂心和掛慮。您也許知道年輕摩洛
哥人的處境，的確很糟，我始終爲此耿耿於懷，當然，如果
您並不排外且不恨世的話，心情想必會跟我一樣。在急切等
待您的回音之時，我祈禱我們的眞主保佑您身體健康並事事
順遂。」

　　〔這封信讀來令人愉快：豪放、明亮、用字遣詞得當又
不失其文學性，缺乏文化的文學性，每個句子均講究修辭之
運用，音調之變化及文義之準確性，可謂不偏不倚，超越美
學之外，但不避諱美感（比如我們悲哀的同胞可能作的）。
這封信**同時**提到了事實及慾求：吉拉利的欲求（吉他和戀
愛）以及摩洛哥的政治現況。整個看來，這實在是一個烏托
邦論述的絕佳範本。〕

弔詭的樂趣

　　G.去看《康斯丁湖之行》（*La Chevauchée sur le lac de*

Constance），很激動忘我的樣子，他用這樣的詞彙來形容：這是巴洛克，這是瘋狂，這是媚俗，這是浪浪主義，等等。他同時又補上一句：這已經完全過時！對某些組織構造而言，吊詭是一種精神恍惚，一種迷失，而且極為強烈。

為《文本的歡悅》一書補上一句：快樂並非就是慾望的**回應**（去滿足慾望），而是使慾望吃驚，並加以超越，使它迷失，偏航。為了良好形容主體的偏流，我們不妨轉向神祕主義求助，魯斯布洛克（Ruysbroek）：「我所謂精神的陶醉，指的是快樂超越慾望所窺見可能性。」

（在《文本的歡悅》一書中，我**已經**說歡悅是不可預見的，魯斯布洛克**已經**被引用了，但我還是不厭其煩加以反覆引述，以表達強調和執著，因為這與我的身體有關。）

欣喜的論述

——我愛你，我愛你！身體騷動著，不可遏抑，不斷重複，這種愛情宣言的高潮點是否隱藏著什麼**欠缺**？這好比墨魚在吐墨汁，這句話「我愛你」帶有掩護作用，無非是以過份的強調來掩飾慾望的失敗。

——什麼？註定要回到平常論述的沮喪再現嗎？難道在這個世界上某個角落裡也不可能存在有某種純粹的欣喜論述嗎？在某些極端之處——這的確非常接近神祕主義——難道無法設想語言成為完全滿足的首要**無意義**的表達嗎？

——毫無辦法：這是一種要求，這句話只會讓對方覺得

難堪，除了母親──還有上帝！

　　──除非在某種場合（不太可能，但總是盼望），兩句
「我愛你」同時不約而同說出，互相消除對方的疑慮，這時
我才能使一個主體對另一主體的要挾合法化；這時要求開始
昇起。

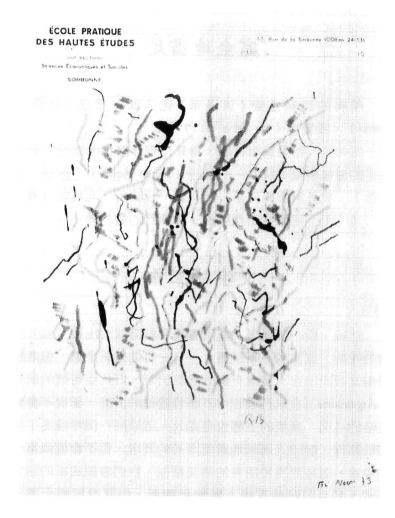

浪　費

完全地滿足

所有的詩和音樂（浪漫派）化入此一要求：我愛（ je t'aime），我愛你（ich liebe dich）！
聽了這句話，如果真有奇蹟，會是出現什麼樣的回應？完全滿足的**滋味**會是如何？——海涅（Henri Heine）：你說「我愛你！」我必須痛哭流涕。我震驚，我跌倒，**我痛苦流淚**。
　　（「愛」這個字眼像服喪一樣進行心靈的轉化。）

文字的工作

　　然後，換一個場景：我反覆搜尋辯證式的出路。關於愛情的呼喚，雖然我不斷反覆，一日一日地重新來過，但我相信每當我說出它，便會有新的狀況出現。好比亞哥號的航員（Argonaute）在航行過程中不斷修建他的大船，卻從不會變更船的名稱，愛情的主體也是如此，透過同一個呼喚走了遙迢的路程，辯證式逐漸地處理原初的要求，但不會輕視第一個發言，認為愛情和語言的情況類似，我們會創造新的語言形式，其中符號的花樣不斷變化翻新，但其符旨則永遠不變。語言的使用者和戀愛的人，他們終究還是戰勝殘酷的**化約**，這是語言（以及精神分析的科學）印記在我們全面的情感上的化約。

（我已經引證了三種想像，最能作用的則是最後一個——
——語言，因為其中如果建立了一種意象，此一意象至少是一
種辯證法式的變化———一種**實踐**。）

語言的恐懼

　　寫這樣一本書，他因為使用許多難懂的話而覺愧疚，他
的述說既瘋狂又特殊，他感覺自己都跳不出來：如果他一輩
子都**用錯了語言**，怎麼辦呢？這種恐懼，因為他在此地，（u
城）每晚不能出門躲在家裡看電視而更加嚴重。他每晚接觸
（受反擊）當下流行的語言，而這種語言對他而言卻是隔閡
的，他對此種語言有興趣，但這裡沒有相互性：對於電視的
觀眾而言，他的語言很不真實（任何不真實的語言除了美學
上的愉悅之外，都有可能是可笑的）。這是真正語言力量的
殘渣：起先，你聽他們的語言，因為有距離而得以保有安全
感；接下來你開始懷疑這種距離，因為他們的語言讓你感到
害怕（這與他們使用語言的方式不可分）。

　　他再看一下他白天所寫的東西，一到夜晚便覺害怕。夜
裡充滿幻覺，會帶來各種的想像寫作：**產品**的意象、批評的
（或友善的）**閒話，不是太多，就是太少——或是不夠**……
夜裡，一堆形容詞不斷湧現。

母　語

　　對外國語言，為什麼那麼沒興趣，同時又那麼缺乏學習的才能？在高中學過英語〔無聊透頂：《瑪伯皇后》（*la reine Mab*）、《塊肉餘生錄》（*David Copperfield*）、《屈身求愛》（*She stoops to conquer*）〕；義大利語有趣些，當時一位退休的米蘭牧師（奇怪的結合）引發他學習的興趣，然而，他只學到一些簡單用語，去旅行時稍稍派上用場。他從未能夠進入一種語言：對外國文學不感興趣，對翻譯的作品又不抱信任態度，同樣一個字，他和翻譯者之間的認知經常會有出入：語義內涵上的問題。這層障礙剛好是另一種愛好的反面：對母語的偏愛（女人的語言）。這與愛國無關，首先，他不認為任何一個語言較為卓越，他甚至常覺法語有許多不足之處；其次，他從未覺得在自己的母語上面有安全感，有許多場合他會感到其中的區分具有威脅性。有時在街上他因聽懂一些法國人講的話而感驚訝，這才知道他和他們原來是一體的。對他而言，法語就像是一條臍帶，和他是分不開的。

　　（同時，他卻又喜歡某種特別陌生的外國語，比如日語，這種語言的結構——意象和告誡——對他可說**代表另外一種**主體的組織。）

不純粹的詞彙

　　他可否這樣定義：一種純粹句法的夢和一種不純粹的詞彙樂趣互相混在一起作用（把一些字的起源及其特殊性互相混雜在一起）？這種混合的程度，表明了某種歷史處境，但也是某一種消費的條件：不只讀一些純前衛的東西，但比具有巨大文化的作者讀得少。

我喜歡，我不喜歡

　　我喜歡：沙拉、肉桂、乳酪、辣椒、杏仁麵條、乾稻草的味道（真希望有專家可製造出此種味道）、玫瑰花、牡丹花、薰衣草、香檳酒、在政治上的輕盈立場、固爾德（Glenn Gould）、冰凍的啤酒、平的枕頭、烤麵包、哈瓦那的雪茄、韓德爾的音樂、有節制的散步、梨子、白色或酒色的桃子、櫻桃、各種顏色、鋼筆、鵝毛筆、附加菜、生鹽、寫實主義的小說、鋼琴、咖啡、波洛克，湯普利（Twombly）、所有浪漫派的音樂、沙特、布萊希特、維爾恩（Verne）、傅立葉、愛森斯坦、火車、梅多克葡萄酒、有零錢、福樓拜的最後一本小說《布瓦爾與貝居夏》、晚上穿著拖鞋在西南部地區的小路上散步、從 L.醫師家窗口看亞杜爾河的拐彎處、麥斯兄弟的喜劇片、早上 7 點鐘從沙拉孟克出來時一眼看到前

面的群山……等等。

　　我不喜歡：白色的哈吧狗、穿長褲的女人、天竺葵、草莓、大鍵琴、米羅的畫、同語反覆、動畫、魯賓斯坦的音樂、別墅、下午、沙提（Satie，法國作曲家，1866～1925 ─ 譯註）、巴托克和韋瓦第的音樂、打電話、兒童合唱團、蕭邦的協奏曲、勃根第燉牛肉、文藝復興時代的舞、管風琴、M-A 夏本第耶（Charpentier）的喇叭和敲擊樂、政治和性結合在一起、吵架、提議、忠誠、自發性、和不認識的人共渡夜晚……等等。

　　我喜歡，我不喜歡：這對別人並沒什麼重要性，顯然沒任何意義。這只是說明：**我的身體和你不一樣**。因此，在這種品味一團混亂的泡沫裡，像是不經意的塗抹，卻逐漸地昇起某種形體之謎，也藉此喚起共鳴和反響。這樣做會引發某種反彈，有人會支持，有人會緘默不語，更有人不會加以認同，但這迫使人**自由開放地**忍受一種他無法分享的愉悅或拒斥。

　　（有一隻蒼蠅在騷擾我，被我打死：誰敢來騷擾，格殺勿論。如果我不殺這隻蒼蠅，**純粹基於自由主義的理由**：為了不當殺手，我要做一個自由主義者。）

結構與自由

　　誰還是結構主義者？無論如何，在這種情況下他是：一個嘈雜不斷的地方對他來說，缺乏結構，因為在這種地方人

們沒有選擇緘默或說話的自由（不知有多少次，他對酒吧隔鄰的人說：**我沒辦法跟你講話，太吵了**）。結構至少可以提供給我兩個不同的選項：我可以任意指明一個，然後捨棄另一個。結構因此可以擔保某種（輕微）程度的自由：我如何可以在目前這種情況下，賦予我的緘默一個意見呢，既然我**無論如何**，不能說話？

可接受

　　他經常使用這個語言學的概念：**可接受**。一種特定的語言如果其形式可以展現意義，那麼它就具有「可接受性」（有文法，可以讓人理解）。這種概念一樣可運用在論述上面，比如：我說日本的俳句詩「簡單、流暢，可接受」（《符號帝國》，93頁），還有，羅耀拉的練習中「出現了一種符碼化的要求，因此可以接受」（《薩德、傅立葉、羅耀拉》，63頁。）此外，就一般而言，文學之科學（如果其有存在的一天）並無須如此證明某一意義，而是要說「為什麼某種意義具有可接受性」即可（《批評與真實》，58頁）。

　　這種概念多少具有某種科學性（因為它起源於語言學），也有其屬於激情的一面，它以形式的有效性取代其真實性，然後，我們可以**輕聲地**這樣說，它引領至一個受喜愛的主題：即失效的，被排除的意義，或說從此一觀點看，「**可接受性**」在結構的藉口之下，乃是慾望的化身之一：我要可接受（可讀）的形式一次挫敗雙重的暴力，一個是強制的飽滿

意義；另一個是英雄式的無意義。

可讀的、可書寫的及其超越

在《S／Z》一書中，我提出一組相對的概念：**可讀的／可書寫的**（lisible/scriptible）。**可讀的**文本我無法再重寫（我今天能像巴爾札克那樣寫作嗎？），**可書寫的**文本我讀起來很覺困難，除非把我的閱讀世界完全突變。我現在想像（靈感來自有人寄給我的一些文本）有一種第三類的文本：在可讀的和可書寫的之旁，有某種東西是可接受的。這種**可接受的是**不可讀的，但攀附在讀者心中，像一團火球，持續地超越可信的規範，而且其功能作用——明顯地由其書寫者所承擔——在於質疑寫作的商業性束縛。這個文本由一種「**不能出版**」的思想所武裝引導，可能引發如下的反應：我既不能讀亦不能寫你所製造的東西，但我接受，如同我接受火、麻藥，或謎樣的組織崩潰。

文學如同算學

他每次讀古典的文本〔從《金驢》（*L'Ane d'or*）到普魯斯特〕，總是為文學作品中所累積的豐富學問而慨嘆不已（根據它自己所建構的法則，要研究這些，必須建立一套新的結構分析方法）。文學是一種**算學**，一種秩序，一種體

系，一種有結構的學問園地。但這個園地並非漫無止境：首先，文學無法超越它那個時代的學問；其次，它無法說盡一切，它像語言，像**有限的**一般性，它無法處理一些讓它不知所措的事物、景象或事件。布萊希特即看出了這點，他說：「奧斯維茲（Auschwitz）的事件、華沙的、布深華德（Buchenwald）的貧民區等都決不是文學的特性能加以描述。文學沒有處理該等事件的手段。」（《論政治與社會》，244頁）。

　　這也許可以說明我們今天創造寫實文學的無力：我們既無法重寫巴爾札克，亦無法重寫左拉或普魯斯特，或一些拙劣的社會主義小說，即使這些小說的內容乃是奠立在某些社會的分工程序，而這些分工程序如今仍然存在。寫實主義一直很膽小，而這個世界卻**千奇百怪**，瞬息萬變，你不能如投影般去加以捕捉：這個世界是文學的題材，卻教人捉摸不定，學問揚棄了文學，文學不再是「**模擬**」，也不再是「**算學**」，而只是一堆「**符號**」，一場不可能的語言的冒險，一句話：文本（如果說「**文本**」的概念只是加重「**文學**」的概念，這種說法是錯的。文學**代表**一個有限的世界，而文本則**形像化**語言的無限性：沒有學問，沒有理性，沒有知性）。

「我」的書

　　他的「觀念」和現代化有關，甚至離不開所謂的前衛派（主體、歷史、性、語言），但他抗拒他的觀念：他的

「我」，理性的凝結物，不斷在抗拒。無論他曾經創造了多少的「觀念」，這本書絕不是一本在闡述他的觀念的書，這是一本「我」的書，一本描寫我如何抗拒我自己觀念的書。這是一本「向後轉進」的書（它後退，也許真的往後退了些）。

　　所有這可以看成是小說中一個角色所說的話——或是由好幾個角色所說。因為想像乃是小說的必要要素，像堡壘裡的迷宮，敘述的人不小心自己就迷失在其中。想像戴有幾個面具（假面），依場景的深淺而分為幾個等級（但無人藏在背後）。本書並無選擇，它以輪替方式進行，依簡單的想像噴發以及批評發作前進，但批評本身只在是迴響的效果：（自我）批評，乃是最具想像性質的。因此，這本書的素材終究完全是帶有羅曼史性質。在論文的論述中，第三人稱的闖入卻不指涉虛構人物，只是標指出我們有必要重新修正文類：論文承認它的寫作**幾乎**像小說：一本沒有專有人名的小說。

饒　舌

　　1972 年的 6 月 7 日，奇怪的情況：很疲倦，情緒很低落，我一直覺得內在有很多話要講，心中不斷湧現許多句子；換句話說，我自覺同時既是非常聰明，卻又非常空虛。

　　這和寫作完全不同，寫作在花費的同時，講究精打細算。

清晰明白

　　本書不是一本「告白」，理由並非它顯得不誠懇，而是我們這個時代的知識已經不同於往昔，這種知識可以簡單如此歸納：我寫我自己的東西絕不會是**最後的定論**，我越是「誠懇」，就越能夠被詮釋。在以前作家的眼中，他們只相信一條定理：**真實性**。他們訴求的是「歷史」、「意識型態」、「潛意識」。我的作品坦率面向五花八門的未來（不如此，又能怎麼樣？），它們各自獨立，沒有一個可以凌駕其它之上，而這個文本只是這其中之一而已，這一系列的最後一個，但不是意義的終結：**文本之上的文本**，從來無法照明什麼。

　　我的現在有何資格談論我的過去？有何資格抹煞我的過去？什麼「恩寵」會照亮？是時光的過渡，或是我路途上所遇到的好機緣？

　　一切只在於此：未來要呈現的寫作計畫是什麼的問題，不是最佳的虛構，而單單只是：**無法決定的虛構**（D.在談到黑格爾時如此說過）。

婚　姻

　　與「敘事」的關係（與再現、模擬等）乃是透過伊底帕

斯，這乃眾所周知。但這關係及我們大眾社會中的婚姻關
係。許多戲劇和電影都歡探討外遇的主題，有一次我（在電
視上）看到一場（很不堪的）訪問：有人問及演員 J. D. 他和
太太的關係（也是演員），訪問者 希望這位好丈夫承認曾經
對太太有過不忠的行為，這位訪問者很得意，他期待對方用
曖昧的方式提出一個故事種苗。顯然婚姻是群眾很感興趣的
課題：如果剔除伊底帕斯和婚姻，我們還有什麼好**敘述**的？
大眾藝術恐怕要完全突變。

　　（伊底帕斯情節和婚姻的關連：這涉及到「擁有它」及
如何將「它」傳遞的問題。）

一椿童年記憶

　　小時候，我們曾經住在一個叫作馬拉克（Marrac）的地
區，當時這個地區正在大興土木，在蓋許多房子，我們小孩
子常在工地上玩耍，工地上有許多泥坑，預備填水泥以便做
地基之用。有一天，我們跳入坑裡玩耍，一會兒之後，其他
小孩都爬了出去，剩下我一個人困在坑裡爬不出去，他們在
上面不斷嘲弄我：迷失了！一個人！被人觀看！驅逐了（被
驅逐，不是被趕到外面，而是**單獨被丟在坑裡**，只能看到一
片天空：被排除 forclos）！後來我看到母親跑過來，她把我
從坑洞中拉了上來，把我帶離那群小孩，再也不要理會他們。

大清早

　　大清早的幻想：我一輩子常夢見自己起了個大早（階級性慾望：早起為了「冥思默想」，為了寫東西，而不是為了趕郊區火車）。但是這大清早的幻想我卻永遠看到它實現，即使已經起床了。為了配合自己的慾望，我必須一起床，刻不容緩，就能立即看到幻想，我的意識，以及昨晚存留下來的感覺。如何**配合**意志？我的幻想界限，總是在我**身體微恙之際**。

梅杜莎

　　主流意見（La Doxa），這指的是一般流行的看法，不斷重複的意義，**好像什麼都沒有發生過**。這指的是梅杜莎（Méduse）：誰看到她，誰就變成石頭。這意謂著她是「一目了然的」，她有被看到嗎？沒有：這是一團黏在視網膜底部的明膠狀物體。解藥呢？年輕時，有一天我去馬羅浴場游泳，海水很冷，有很多水母（méduse）（不知哪裡不對，怎會跑來這裡游泳？我們一群人一起來，這說為何沒勇氣拒絕）。每次從水中出來，身上到處布滿水皰和傷痕，浴場的人就會漫不經心遞給你一小桶漂白水。同樣道理，我們也可以期待在大眾文化的主流產品中得到一些（扭曲的）樂趣，

每次你從這種文化的沐浴中跳出來時，就會有人遞給你洗滌用的小小論述，好像什麼都沒有發生過。

梅杜莎是戈爾崗（Gorgones）的大姐頭和女王，以絕代美色聞名，特別是她那頭迷人的頭髮。海神擄走了她，就在米奈甫（Minerve）神殿娶她為妻，這時她的頭髮變成了許多條蛇，使她變得醜惡可怕。

〔的確，在主流論述之中，沉睡著許多古代美女，當年充滿智慧和新鮮感。智慧女神雅典娜（Athéna）則是把主流意見變成一種智慧的諷刺畫像，作為其復仇。〕

不管是梅杜莎，或是蜘蛛女，都是一種閹割。她們讓我**驚愕**。這種驚愕來自一個我聽得到卻看不到的場景，我聽覺中的視覺受到挫折：我**躲在門後**。

主流意見發言了，我聽到了，但我卻不在其範圍之內。我是存在於主流意見之旁的人，像所有作家一樣，我**躲在門後**；我很想走過去，我很想去看個究竟，想知道它在說些什麼。我也想加入群眾，我不斷想去聽聽我不在場時到底它說了些什麼，我驚愕、訝異，卻被阻斷於一般流行語言。

主流意見帶有壓迫性，這乃眾所周知。但它壓抑人嗎？我們試讀大革命時代這段可怕的文字〔《鐵嘴》（La Bouche de Fer），1790 年〕：「……我們應該在三權之上設置一個專門監視和管制言論的大眾意見權，這個權力屬於每個人，大家不必透過代表即可執行此一權力。」

諾瓦斯與隱喻

慾望並不使人接受其對象。當一個妓男瞪著諾瓦斯（Abou Nowas）的時候，他從對方的眼神看出的並不是金錢慾望，而單單只是慾望而已——這讓他很感動。這裡可以看成是一種移位（deplacement）科學的寓言：被移位的意義不重要，軌跡之終點不重要，唯一重要的只是——**轉移本身**，而這便是隱喻之基礎。

語言學的寓意

1959年，你在談到法屬阿爾及利亞的時候，曾經對「是」（être）這動詞作過意識型態的分析。「句子」是文法的基本要素，可以告訴你唐傑（Tanger）的酒吧發生了什麼事？你一直保留「後設語言」（métalangage）的概念，但將其作為想像。你一直堅持這一種方法：你使用一種假語言學，一種隱喻的語言學，不是以文法觀念必須尋找表達意象；剛好相反，因為此種文法觀念在於建立寓意，一種 2 次度語言，其抽象性至終在於偏向羅曼史性格：這是一門嚴肅的學問，它處理人的語言，並賦之以嚴格的名稱，也同時是意象的保留區。這樣詩意的一種語言，適巧可以用來展現你的慾望：你會發現「中和作用」（neutralisation）和「中性詞」（Neutre）兩者之間的關連，前者旨在讓語言學家可以用最科學的方法去解釋某些對比情況下意義如何消失；後者是一種倫理學的範疇，你要去除確定或壓制性意義的標指時，此乃不可或缺。當你注視著意義在產生作用時，這好比一個小孩在玩他玩具上的鬆緊扣，反反覆覆，樂趣無窮。

偏頭痛

　　我總是習慣把**頭痛**說成**偏頭痛**（也許是因為這個字眼較美吧），其實這個字眼並不恰當（因為當我言稱患偏頭痛時，頭並不是只痛一邊），這反而像是一個反映社會性現象的字眼：中產階級婦女及文學界人士的神祕屬性，偏頭痛的確是一種階級的現象，無產階級或小商人會患偏頭痛嗎？社會階級的區分經過我的身體：我的身體本身即是社會性的產物。

　　為什麼我住在（西南部）鄉下時，我的偏頭痛特別多，特別嚴重呢？我在休息，呼吸新鮮空氣，偏頭痛照樣惠然光臨。我是否有所壓抑？因為棄絕城市生活？回到過去貝幼納的生活？煩悶的童年？我偏頭痛是何種位移的痕跡？也許偏頭痛是一種反常現象？每當我頭痛的時候，就覺得彷彿是被一種偏差的慾望所盤據，彷彿我只注意到我身體上的一個點：**頭殼內**。我和工作的關係難道一定非得陷入不幸／熱愛之中嗎不可？一定要分成兩半，既熱愛又害怕我的工作是嗎？

　　米西列的偏頭痛和我極為不同，他發作時是「昏眩又加

上想吐」，我的偏頭痛是混濁不透明的。每當頭痛時（從來不會很嚴重），我的身體就變得不透光、倔強、**下沉**，總而言之，一句話（重新尋得了一個偉大主題）：中性。沒有偏頭痛，微不足道的身體清醒，零度一般機體知覺，我像健康**劇場**那般閱讀它們。為了確定我的身體並非歇斯底里般地健康，我必須不時將它的透明**標幟**抽離，然後讓它活得像海藍色那樣的器官，而不是像一張勝利的臉龐。因此，偏頭痛像是一個身心性病痛（不再是一種神經官能症），透過這個，我可以接受進入人類致命的疾病：象徵性的空缺（當然，**作用不大**，因為偏頭痛是一種微小的事情）。

不合流行

　　他一直埋首在書堆中，卻使得生活變得不合流行：當他在戀愛時（不管是方式或戀愛本身），一樣不合流行，他愛他的母親（要是父親仍然在世，他也會一樣愛他！），他也不合流行，他自己覺得很民主，也不合流行……等等，但是流行好比螺絲釘多轉一圈，多此一舉，變成像是一種心理的庸俗。

軟弱的誇大文字

　　在他所寫的東西當中，有兩種誇大的文字，第一種是純

粹出於寫得不好：模稜兩可、堅決獨斷，這類同時文字占據了許多符旨的位置（「決定論」、「歷史」、「自然」），我覺得這類文字的軟弱，像達利所畫的手錶那麼軟弱無力。另外一種（「寫作」、「風格」）乃是依個人之計畫而改造出來的文字，這類文字充滿個人的習慣語。

　　不管怎樣，從「健康的寫作」觀點看，這兩類文字的價值不同，卻有其各自溝通功能：模稜兩可的文字（帶有知性的），如果寫得生動，有其存在的確定性；「歷史」是一個道德理念，能夠使自然事物相對化並使又相信時間有其義意；「自然」則是一種有壓制性的靜態中社會性……等等，每一個文字**轉動著**，好像牛奶，在句子結構的分裂空間中迷失，也像螺旋鑽，直接鑽到主體的神經官能底部。另一類文字則像是盯梢女人的年輕人，它不停跟著它所遇到的對象：**想像**，在 1963 年，想像只是巴希拉爾（bachelardien）所使用的模糊術語（《批評論文集》，214 頁）；到了 1970 年（《S／Z》，17頁），經過重新界定，變成完全是拉岡的術語（雖然已經變形）。

女舞者的腳踝

　　如果說**粗俗**是對含蓄的一種傷害，那麼寫作時時都會面臨粗俗的危險。我們的寫作（在這個時代）一直在語言的範疇中發展，而語言仍然還是一種修辭的東西，只要人們企圖溝通的一天（詮釋或分析），語言就離不開修辭。因此，寫

作預設著一種**論述效果**，而強求效果的結果有時就不免淪於粗俗：每次，恕我直言，都會露出**女舞者的腳踝**（本篇片段文字的標題顯然就**很粗俗**）。

在作家的幻想底下，想像停住、被捕捉、不動，好比要照相的那一剎那，照出來的則是一張**扮鬼臉**的樣子，但如果姿勢是故意擺的，鬼臉便會改變意義（問題是：我們如何知道呢？）。

政治 / 道德

就政治觀點看，我這輩子都很焦躁不安。我由此推論我所認識的父親（我自己所設想）乃是政治的父親。

這個想法很**簡單**，我時常想到，卻從未加以歸納整理（也許這是個**愚蠢**的想法）：政治中難道**一直**沒有倫理嗎？政治是一種真實的秩序，一種社會真實的純粹科學，其基礎難道不是一種「價值」嗎？一個政治熱心參與者要決定以什麼之名去⋯⋯積極運動呢？實際的政治運動，自處卻道德和心理學之外，那麼，它沒有心理學和道德的源頭嗎？

（這想法顯然相當**落伍**，因為你如果把政治和道德聯結在一起，你是已經 200 歲的人了，你必須倒退到 1795 年，當年大革命的國民公會設立道德與政治的科學院：老範疇、老燈籠──但這有何**不妥**呢？──這沒有錯，現在已不來這一套了，如同古代的錢幣，現在不通行了，但是卻假不了。這是博物館的東西，給人觀看用的，只讓人當作古董消費──

但是，我們不能從古代錢幣中括出一點有用的金屬嗎？——在我上述的愚蠢想法中，唯一有用的地方乃是去發現不好對付的兩個認識論的交鋒：馬克思主義和佛洛依德主義。）

字的流行

他不太懂得繼續往**深處鑽研**。一個字、一個思想、一個隱喻，或簡單地說一個形式，一旦占據了他之後，幾年之中他會不斷加以反覆到處使用（比如「身體」、「差異」、「奧爾菲」、「亞哥號」等等），他從不會去反省用這些字眼到底有什麼特別意思（如果他偶爾注意到，也是為了說明之用而去尋找新的隱喻）：我們不能深入鑽研一個老生常談，只能用另一個去加以取代。「流行」所追求的正是這個。他有他自己內在的和個人的流行。

字的價值

他很喜歡使用成群對立的字眼，兩個字形成一組：生產／產品（production／produit）、構造／結構（structuration／structure）、羅曼史／小說（romanesque／roman）、系統的／系統（systématique／système）、詩的／詩（poétique／poésie）、透光的／空氣中的（ajouré／aérien）、拷貝／相似（copie／analogie）、抄襲／模仿（plagiat／pastiche）、形

像／再現（figuration／représentation）、佔為己有／財產（appropriation／propriété）、發言行動／陳述（énonciation／énoncé）、輕微響聲／雜聲（bruissement／bruit）、模型／綱要（maquette／plan）、顛覆／爭執（subversion／contestation）、文本之間／文本脈絡（intertexte／contexte）、色情化／情色（érotisation／érotique）……等等。有時候不單只是對立的問題（兩個字之間），而是一種分裂（單獨一個字）：汽車（l'automobile），這在駕駛時上是好的，作為物體上卻不好。演員（l'acteur）這個字如果是反自然則成立，如果是假自然，則不成立。人為（l'artifice）這個字如果是波特萊爾式的，則可以成立（與自然方法明白地相反）；如果是假冒品，則丟而棄之（因為企圖仿製自然）。因此，字與字之間，或甚至單獨一個字之間，總有一把「價值」的刀橫在那裡（《文本的歡悅》，67頁）。

符號學的故事

字 的 色 彩

　　每當我去買顏料的時候，我只看顏料的名稱。這些名稱（比如印度黃、波斯紅、中國綠）大抵跟地區出產的顏料特色有關，其特殊準確的色澤卻無法預言。這些名稱允諾著樂趣，有其操作的程序：飽滿的名稱與未來呈現的色澤之間的關係。同理，我說一個字很美，我喜歡用這個字，並不是根據這個字好不好聽或其原始意義來決定，或是其音效和意義「詩一般的」結合。我根據的法則是**我能如何使用這個字**來決定：這是一種依賴未來的成效的期待，如同**胃口**一般，這種慾望搖動著語言的固定儀表板。

字 的 幻 影

　　在一位作家所使用的字彙當中，是否需要經常有一個具有幻影力量的字眼，其意義很強、多元化、不可捉摸，甚至很神聖，然後能夠散發一種足以因應一切的幻象？這個字不必很古怪，也不必是很顯眼。它自己不動，被帶離核心，游離不定，從不**安定下來**，也不會**切題**（避開所有切題的東西），同時是剩餘又是填補，是占據所有符旨的符徵。這個字在他的作品中不斷慢慢出現，它起先蒙著訴求「真實」的面罩（歷史的真實），然後又訴求於一種「有效性」（體系

和結構的有效性）；現在，他很高興，這是具有幻影威力的字就是「身體」（corps）。

字 的 轉 換

字怎樣變成有價值的？這存在於身體的水平上面，字的肉體性理論出現在《米西列》一書中：這位歷史學家的字彙，他所有有用的字乃透過一種身體的顫動，品味、噁心，組織成為一個圖表，他因而創造出一些「可愛的」字，一些他「偏愛的」字（帶有魔力的字），一些「很棒的」字（閃亮而快樂）。這些都是「變換的」字，好像是小孩子喜歡咬的耳朵或床單的一角。如同對小孩而言一般，這些可愛的字都帶有遊戲性質；但由於另一方面又帶有變換性質，因而顯得不確定，終究變成一種缺乏意義的物體，如此展現：雖然這些字的輪廓很顯眼，而且由於重複而產生某種力量，卻顯得模糊曖昧而漂浮不定，它們在期待成為被崇拜的偶像。

中 等 的 字

說話的時候，我常常會找不到適當的字眼來表達我的意思，我寧可避免使用愚蠢的字眼；但是另一方面又由於常後悔太早丟棄真實，我就使用**中等的字**。

自然事物

　　自然事物（naturel）的幻象不斷被揭發出來（《神話學》、《流行體系》、甚至《S／Z》，我說明本然意義（dénotation）又回到語言的自然性上面）。自然事物絕不屬於物體的自然性，而是社會大眾用來掩飾的一種藉口：自然事物是一種合法性。批評之必要性由此產生，並進一步顯示自然事物掩飾下的法則，或布萊希特所說「在規則下乃是濫權」。

　　這種批評的根源可以容易地在 R. B. 的少數派地位之中看出來，他總是以少數派分子的姿態出現，生存於邊緣中——社會、語言、慾望、職業，以及（以前）宗教等的夾縫之中（從前他以新教徒身分生存在天主教徒之間，這並非毫無意義）。這種處境並不算惡劣，但卻說明一種社會的狀況：在法國，天主教徒、結婚生子、高文憑，有誰不會覺得這是**自然**的呢？在此一群體大眾的一致性當中插入微小的空缺，便會形成社會河床上的一道細小的摺痕。

　　為了對抗「自然事物」，我採取兩種反抗方式：以法學家姿態去追討我應有的權利，反對一個在我缺席時形成，而且是反對我的法律（「我也有權利……」），或是以前衛派的姿態去破壞大多數法律。但是，他又似乎很怪異地停留在上述兩種方式之間：既擁有越界的陰謀，亦擁有個人主義的性情。這帶來一種反自然的哲學，保持理性，而「**符號**」正

是此種哲學的理想對象，因為它可以揭露以及／或是頌揚符號中的武斷，同時又可以帶著懷舊色彩去享受想像著這些符碼有朝一日會廢除的樂趣。像我這種間歇性的「局外人」，我可以依自己情緒之好壞而游移於社會之中——進入或保持距離。

新／更新

　　他覺得他的偏執（價值的選擇）是有生產性的，因為法語適巧可以提供給他同時相近又相異的成對的字，前者給予他所喜歡的，後者給予他所不喜歡的。這好比一個字詞可以清掃語義學的領域，然後以一個靈敏的動作轉過身來（這經常都是同一個結構：選項的結構，總結來說，乃是自我慾望的化身）。比如新／更新：「更新」（nouveau）是好的，這是文本的快樂動作：在所有體制上受到退化威脅的社會裡，革新有其歷史性的合法地位。「新」（neuf）是不好的：穿新衣時必須和衣服對抗，讓人覺得聳肩縮頭，這違反身體意願，消除了空間，而磨損卻保障著空間：「更新」而未必全然而「新」，這乃是藝術、文本，或是衣服最理想的狀況。

中　性

　　所謂中性並非主動和被動的折衷，而是一種非道德的來

回擺盪，簡言之，二元對立的相反。如同價值（來自熱情那種），中性與社會的掃除力量互相吻合，掃除繁瑣哲學中的二元對立問題，並呈現它的不真實（《論拉辛》，61頁，馬克思：「只有透過社會實存，主觀論與客觀論，精神論與唯物論，主動與被動等這些矛盾現象才可能消除其矛盾個性……」）。

中性的姿態：白色寫作、文學劇場的去除——亞當的語言——愉悅的無意義——光滑的——空，無縫緣的——散丈（米西列將之列入政治的範疇）——含蓄——「人」的空缺，如非取消，至少不可定位——社會**形像**（imago）的缺乏——判斷、控訴的暫緩——位移——拒絕「擺姿態」（任何姿態）——細膩的手法——偏移——愉悅：對炫耀、控制及威嚇的迴避、挑戰，或嘲笑等。

不屬於自然。首先，全力對抗一切可歸結為**假自然**（pseudo.Physis）（主流意見、自然而然等等）以及**反自然**（我個人烏托邦）間的鬥爭：前者可憎，後者可欲。然而，我覺得往後這種抗爭會變得過度劇場化，由於「中性」的捍衛（慾望），這種抗爭受到沈默的延緩和距離化。「中性」因而不是第三項——零度——屬於語義學和衝突的對立，而是一個新選項結構的第二項：**語言無限連鎖的另一層級**，在其中暴力（戰鬥、勝利、劇場、高傲）則是飽滿項。

主動 / 被動

陽剛氣／非陽剛氣：這對著名的對立字組，占據所有的主流意見，總結所有輪替的遊戲：意義的選項遊戲及炫耀的性遊戲（所有形式完整的意義皆為炫耀：交配和死亡）。

「困難之處，不在於以一種多少是自由主義的態度去解放性，而是在於如何抽引出其中的意義，這包括踰越本身作為一種意義。我們看一些阿拉伯國家，他們可以輕易踰越一些『好的』性規則，他們搞同性戀……，但是，這種踰越仍然難免屈服於一個嚴格意義的領域：搞同性戀立即在其自身上面……重新塑造一個可以想像中最純粹的選項結構：主動／被動、佔有者／被佔有者、動作者／承受者、敲打者／被敲打者。」（1971 年，1）在這些國家之中，替代選擇很單純，也很有系統，沒有複雜或中性的選項，彷彿在此一被排斥的交替關係中，我們實在想不出有何外端點的選項可用。然而，此種替代選擇卻由資產階級或小資產階級的男孩們特別地口語表達，他們都是屬於上昇的場域，他們需要一種**清晰明白**（堅持著意義）的**性虐待**（肛門性格）述說，他們想要一個簡單的性和意義的選項結構，不偏不倚且無法向邊緣溢出的那一種。

可是，一旦替代方案被拒絕（當選項結構被弄亂時），烏托邦便出現了：意義和性變成為一種自由的遊戲，其中之形式（多義的）及運作（感官的）從二元的束縛中解放出來，然後漫無止境散發開來。因此，一種多面而誘人的文本及一種愉悅的性遂應運而生。

適　應

　　我閱讀時，**我適應**，眼睛如此，智力也是如此，以便精確捕捉到其中之意義（符合我的要求）。一個好的語言學不應該只顧傳達訊息（去鬼的「訊息」！），而是要處理適應，而這種適應毫無疑問有等級和門檻之分：每個人**折屈**他的精神，像眼睛一樣，以期能捕捉到這個文本中的某一知性元素，進而加以了解並享受其樂趣，等等。如此看來，閱讀乃是一樁工作：要動用到肌肉來折曲它。

　　只有當他看向無限之時，眼睛才不必調適，同樣，如果我能夠在一個文本中**看到無限**，我則不必自我屈折。此即我們假設在面對一個所謂前衛文本時的現象（不要調適：否則將一無所得）。

神　諭（numen）

　　一向偏愛波特萊爾的文字，經常加以引用（特別是談到摔角時）：「在生命中的重要場合裡，姿勢中誇張的真理。」他把這種誇張的姿勢叫做 numen（這是眾神在宣布人類命運時的靜默姿勢）。numen，這是固定住的、長久的、陷入陷阱的歇斯底里，因為終究我們會將之固定不動，可以被人長久地望著。因此我喜歡擺出姿態（只要它在框裡）、高貴的

畫、哀傷動人的畫，以及望著天空的眼睛，等等。

物體進入論述之中

　　「概念」（concept）和「觀念」（notion）是一種純粹的理想，知性的物體則不同，它乃是符徵經過斟酌之後的產物：我只要把一種形式嚴肅地對待（字源學、派生法、隱喻），藉以創造一種思想-文字，如同傳環遊戲中的環，然後在我的語言中通行無阻。這個字體既是**受到貫注**（受慾望的），也是**表面**的（大家在用，卻不知其所以然），其存在方式帶有儀式性，在某一時刻裡，可以這樣說，我把這個字以自己的符號施以洗禮。

　　他心想，在論文的述說中有時加點感性的東西，這對讀者有益處〔在別處，《少年維特的煩惱》中，突然出現豆子加奶油及剝橘子的描寫〕。雙重好處：物質性的惠然出現及扭曲，知性的細語中突然出現的空缺。

　　米西列給了他一個例子：解剖學的論述和茶花有何關連？——「小孩的頭腦，米西列說，只是像牛奶一般的茶花」。這是為何，在寫作時，有時穿插一些雜七雜八的列舉，用這種習慣**自娛**。在從事某種社會邏輯之分析時（1962），是否可插入某種像有氣味的夢一般，藉以帶來一些趣味？比如「野生櫻桃、肉桂、香草和赫雷斯醋、加拿大茶、薰衣草、香蕉」。又比如在說明某種難纏的語義學概念時，眼中可以看到「翅膀、尾巴、雞冠、羽毛、頭髮、圍

巾、炊煙、汽球、裙襬、腰帶及面紗」。耳特（Erté）便是
用這些意象來組成他的字母。──又比如在社會學期刊中插
入「錦緞的褲子、披掛式大衣、白色的睡衣」，這些嬉皮的
穿著（1969）。那麼，批評的論說如果插入「圓形的藍煙」
這種字眼，又如何？是否可給你帶來勇氣，好好**把它再抄**一
遍？

　　（同樣，在日本的俳句詩中，詩行突然打開，可能是富
士山或可能是一尾沙丁魚，這些圖樣藉添補了字眼留下的空
白。）

香　味

　　在普魯斯特的小說中，五種感官中有三種會導向回憶。
但對我而言，可不是這樣；除了人聲（人聲音其實因為它的
質地，比較是**充滿香味**，而不是屬於音響性質），記憶、慾
望、死亡、一去不返的感覺等可不是存在於這一天，我的身
體和瑪德蓮小餅的故事無關，也不屬於巴貝克的走道和浴
巾。屬於我的氣味，卻是一去不返，特別是童年時代住在貝
幼納時所聞到的香味：就好像**曼陀羅**包含了整個世界，整個
貝幼納一股混雜的香味也收納於那便是小貝幼納區的味道
（在尼芙河和阿杜爾河之間）：製涼鞋時繩帶的味道、昏暗
的雜貨店、老木頭的油膩、密閉的樓梯間、巴斯克老婦人身
上的黑紗，連她的髮帶都是黑色的、西班牙植物油、工坊和
小商店的濕氣（裝訂書店和五金店）、市立圖書館書上的灰

塵〔〈瑞丹與馬夏〉（Suétone et Martial）讓我學到什麼叫做性〕、包錫耶家修鋼琴的膠水味道、巧克力的濃香、城裡的產品等等，所有這些味道持續不斷，成為歷史，屬於南部外省。（《聽寫》）

　　（我不斷地想起各種味道：我老了。）

從寫作到作品

　　自負的陷阱：讓人相信他接受他所寫的一切都是「作品」，使得隨和偶然的寫作變成了超越而統一的神聖的產品。「作品」這個字眼已經屬於想像界。

　　寫作和作品之間的確充滿對立矛盾（「文本」是一個崇高的字眼，不能讓人接受此一差別），我從不斷的以及無所為而為的寫作中得到極大樂趣，好像不停在生產，在無條件散播，不斷散發誘人的精力，而我丟擲在紙面上的任何主體的合法防衛，都不能加以阻止。但是在我們的功利商業社會中，必須要有「作品」的形式包裝：必須建造，換句話說，**完成**一件商品。我在寫作時，寫作時時都在被作品擠壓、矮化、判罪，而我必須合作。處處是作品意象的集體陷阱，如何寫作呢？——是啊，**只有盲目蠻幹一途**。每當我寫得很疲乏很不起勁的時候，我就想起沙特的戲劇《禁止旁聽》（*le Huis Clos*）結尾時那句話：讓我們繼續吧。

　　寫作可以說正是我不斷在玩的遊戲，但卻不時陷在一個狹隘的空間：我僵住，我陷在為寫作而引發的歇斯底里和想

像之間，它警戒，故作高傲狀，淨化，陷於平凡，符碼化，修改，定下追求目標（以及遠景），而這些屬於一種社會性的溝通。一方面，我期待別人要我；另一方面，我卻又不希望別人要我：同時既是歇斯底里又是強迫性糾纏。

　　然而：我越是傾向作品，我越是走向寫作，走向無底的深淵，一個沙漠，致命而又慘烈的創造出一種**善意的失落**：我自己不再覺得**友善**（對別人或對自己）。面對寫作和作品的接觸點，我必須接受一個嚴酷的事實：**我不再是小孩**。可是，我是否發現了一種令人愉悅的苦行？

「我們知道」

　　有一種贅詞的表達方式（「**我們知道了**」、「**我們知道……**」）被放在文章發展之首：它連繫到一般流行意思及普通常識，這是他當作出發點的命題：他努力要對抗平庸的事物。經常，他要擊潰的不是一般流行的平庸意見，而是他自己的平庸意見。首先，他起頭的論述很平庸，他寫作正是為了一步一步對抗這種平庸的源頭。他有必要描寫他在唐傑一家酒吧中的處境嗎？首先他要說的是，這是一個「內在語言」的場所：了不起的發現！他企圖擺脫黏在他身上的平庸，並且在此一平庸身上找到可以激發他慾望的概念：句子！給這個東西定名，一切迎刃而解了，無論他寫什麼（這不是表現的問題），一定是一種受慾望貫注的論述，身體這時惠然出現（所謂平庸，就是缺乏身體的論述）。

總之，他正以**修正**平庸的方式寫作。

不透明與透明

詮釋的原則：這個作品在兩個端點之間進行：

——起頭的一端，在社會關係中存在著不透明。此一不透明的揭發乃是典型陳套的壓迫性形式（在《寫作的零度》中，學校作文和共產主義小說中的必要修詞）。

——結尾的一端（烏托邦式），有一種透明：溫柔的感情、願望、嘆息、休息的慾望，如同社會對話的堅實性有一天會變得明亮，變得輕盈，變得透光，直到看不見為止。

1.社會階級的劃分造成不透明（明顯的矛盾：過分劃分階級的社會，則明顯變得不透明，巨大的量體）。

2.為了對抗此一不透明，主體盡其所能抗爭到底。

3.然而，如果他自己本身是語言的主體，他的抗爭無法直接尋得政治的出路，因為他會回到典型陳套的不透明。此一抗爭因此採取啟示錄運動方式：他徹底分解並惡化價值的遊戲，同時，以烏托邦方式去生活——我們可以這麼說，他**呼吸**：社會關係的最後一個透明。

反　題

作為反對姿態，以及二元主義的誇張形式，反題乃是意

義的奇觀。我們從其中跳出的方法：或保持中立，或逃入真
實（拉辛悲劇中的內心獨自想抹除悲劇中的反題，《論拉
辛》，61 頁），或作添補（巴爾札克添補薩拉辛的反題，
《Ｓ／Ｚ》，33 頁），或發明第三項（脫離）。

　　然而，他自己卻主動回到反題（譬如：「櫥窗裡的自
由，名為裝飾，在家裡的秩序，名為建構」，《神話學》，
133 頁）。這是另一個矛盾嗎？——是的，而且總是同樣地
解釋：反題是一種**語言的偷竊**，我借用流行論述中的暴力，
據為己用，然後，暴力地賦與我自己的意義。

根源的背叛

　　他的研究工作不是反歷史的（至少他如此希望），而是
絕對的反遺傳，因為「根源」是「自然」（萬有 Physis）的
一種有害姿態：透過有利害關係的濫用，「主流意見」同時
粉碎了「根源」和「真實」，透過簡便的迴轉裝置，使得兩
者互通。人類的科學不正像是詞源學在尋求所有事實的根源
（源頭及真相）嗎？

　　為了打破根源，他首先徹底使「自然」成為文化：沒有
自然事物，不存在任何地方，只有歷史。然後他將此種文化
（他相信班甫尼斯特（Benveniste）所說，所有文化都是語
言）重新置於論述的無止盡運動中，一層疊著一層（而不是
生殖），好比是疊手遊戲一般。

價值的擺盪

　　一方面，「價值」統馭、決定、分類，把好的擺一邊，壞的擺一邊（新／更新、結構／結構程序……等等）：這個世界有地展現意義，因為所有一切已經放在有趣和無趣的選項中。

　　另一方面，所有的反對都是可疑的，意義令人疲倦，他想自此休息。「價值」曾武裝一切，現在卻被解除武裝，它被吸入一種烏托邦：不再有反對，不再有意義，甚至不再有價值，而這種掃除行動，一乾二淨。

　　「價值」（及附屬其上的意義）如此不停擺盪。作品整體而言即擺盪在善惡二元論的外表（當意義很強時）與懷疑論的外表之間（想要將意義丟開時）。

悖論（paradoxa）

　　（paradoxe 這個字的修正。）

　　在知性領域中，有一種強烈的分裂主義在盛行著：大家互相反對，針鋒相對，但大家最後還是留在一樣的「劇目」（répertoire）之中。在動物的神經心理學裡，劇目裡即儲藏各種動物的行為指標：為什麼跟老鼠問人的問題？他的劇目是屬於老鼠的呀？為什麼跟一位前衛畫家問有關教授的問題

呢？悖論的運作方式，其所依賴的劇目稍有不同，這是屬於
作家的範圍：並不反對受**命名**，及已經分割的價值上，對這
些價值，人們順著走，人們躲開，人們逃離：人們巧妙**以切
線避開**。但避開的意思指的並不是朝反方向走（傅立葉愛用
的用語），他們怕跌入反對和挑釁的陣營，換句話說，怕**跌
入意義**（因為意義從來只是反對項所擊發出來的），也就是
說：不願落入一語義學的連帶關係，在其中簡單的相反事物
聯結了起來。

偏執狂的輕微動力

　　偏執狂非常含蓄的動力：當他寫作時（也許所有人寫作
時也是如此），他和某些事物保持距離，和一些未命名人物
也保持距離（只有他一個人能夠命名）。這個句子的源頭到
底包含了什麼樣的**復仇**涵義──雖然那是一般性的、緩和
的？不管哪裡，寫作都是**暗藏心機的**。動機消除，只剩效
果：這個減法定義了美學的論述。

說話／親吻

　　根據勒瓦-顧安（Leroi-Gourhan）的假設，人只有在解放
雙手於行走，及因此解放嘴巴於掠食時才能說話，我補上：
親吻。因為發聲的工具也正是親密的工具，人能直立時才能

被解放，發明語言和愛，也許這正是某種兩個相伴隨的倒錯在人類學上的誕生：說話和親吻。如此看來，人越是自由（嘴巴方面），則越是能說話和親嘴，邏輯推理，人類有一天會進步到不再用手工作，他們只講話和親嘴！

　　我們不妨想像這雙重但同位的功能，會受到單一的違越，來自說話和親吻同時進行：**說話時親吻，親吻時說話**。這種現象不是不可能，我們看許多情侶不停「喝著對方可愛雙唇吐出來的話語」。他們所品嘗的無非是在愛情鬥爭中，某種意義的遊戲，既是開放又是中斷：**自我擾亂**的動作。一言以蔽之：**輕聲細語的身體**。

擦身而過的身體

　　「一天晚上，躺在一家酒吧的長板凳上，半醒半睡……」（《文本的歡悅》，79頁）。這裡所描寫的乃是我在唐傑的「夜總會」裡所做的：我在那裡小睡了片刻。然而，夜總會是城市中的一個社交場合，大家在那裡熬夜且不斷活動著（談話、溝通、認識人，等等）；相反地，這老夜總會成了半缺席的地帶。在這空間裡，到處是身體，而且互相之間的距離都很近，這很重要。但是這些身體，無名無姓，動作細微，讓我產生一種懶散、輕鬆、飄浮的感覺：每一個人在你身旁，卻沒有人跟你要求什麼。雖然常兩方兼得：在夜總會裡，別人的身體從不會轉變為有「身分」（公民的、心理學的、社會的，等等）；對我而言，他們只是在散步，而不是

跟我對話。好像一種特別為我的組織調製的藥品，夜總會變成我構想句子的地方：我不作夢，我想句子，我看他們的身體，而不是聽他們的身體，這彷彿變成一種接觸的情況，一種具**觸發句子功能**的身体。現在，在我語言的創造和餵養它的飄浮的慾望之間，是一種醒悟，而不是訊息。總之，夜總會是一種**中性**的地方：這是第三項的烏托邦，偏離一組過純的對立詞組：**說話／閉嘴**。

　　在火車上，思緒紛呈：許多人圍繞在我身旁，他們的身體在我身旁如同一些靈巧的東西在動著。在飛機上，情況剛好相反：我坐著不動、蜷縮、看不見。我的身體死了，繼之而來，知性也是死的，只能感覺到空中小姐油亮但空虛的身體在身旁走來走去，好像一個冷漠的母親在一堆搖籃中間晃來晃去。

遊戲，仿作

　　他有許多幻覺，其中最為持久頑固的是：他喜歡玩**遊戲**，而他也挺有一手；但他從不作仿作（pastische）（至少不主動），除了在高中讀書時（模仿了 Criton，1974），雖然他常想這麼作。他有他理論上的理由：如果牽涉到**瓦解**（déjouer）主體，**遊戲**（jouer）則是一種幻覺的方法，但此種方法可能帶來相反效果：遊戲的主體變得更是恆定，真實的遊戲不會蓋住主體，而是蓋住遊戲本身。

補綴（Patch-work）

自我評論？多麼無聊！我沒有其他解決方式，我只有**自我重寫**——從遠處，從很遠處——從現在：在我的書上、在一些主題上、在一些回憶及在一些文本上，我增添另一個發言位置，但我不知道是從我的過去，還是從我的現在發言。我因此在已經完成的作品上，在身體上以及過去的整體成品上，不更動結構，只添加一些補綴式的百衲布，像一條棉被上補綴著一些新花樣。我並不加以深入，只停留在表面，因為這只牽涉到「我」（大寫的「我」）；至於深入，則是屬於他人的範圍。

顏　色

一般流行的意見總是想要把性弄得具有挑釁意味，而且，快樂的、溫柔的、感性的、愉悅的性並不出現在寫作上、那麼，去哪裡找呢？在繪畫上，或更好是：在顏色上。如果我是畫家，我一定只畫顏色：這個領域對我而言，似乎不受律則的拘束（沒有模仿，沒有相似），也不受自然的干擾（所有自然的顏色難道不正是由畫家所創造出來的嗎？）

分裂人格

　　對古典形上學而言，把人加以「分割」，並無任何不妥之處（拉辛：「我身上有兩個人」）。相反的是，我們看看相對字眼的組合，可以知道人像一個好的選項結構那樣在運作（**高／低、肉體／精神、天空／地上**）。至於衝突的部分則在意義的基礎上獲得和解：人的意義。因此，我們今天談到一個分裂的主體時，並非為了認識其簡單的矛盾以及其雙重假設，這是一種**繞射**（diffraction），在投擲中散落開來，不再存在主要核心部分，亦不再存在意義的結構：我並不自我矛盾，我是離散。

　　你如何解釋，如何忍受這些矛盾現象？從哲學眼光看，你是物質主義者（如果「物質」這個字眼聽起來不過時）；從倫理學角度看，你分割為：在肉體上，你是享樂主義者，面對暴力的，你是寧可學習佛陀！你不喜歡信仰，但你懷念一些古老的儀式。你是許多反應的雜燴；你身上有否**基本的首要**元素呢？

　　不管任何分類，你總想在圖表上尋出你的位置：你的位置在哪裡？首先，你以為你找到了你的位置，可是，慢慢地，好像雕像分裂了，好像一個浮雕腐蝕了，整個形式分散瓦解了，或如哈爾波・馬克思（Harpo Marx）因為喝了水讓假鬍子掉了，你變成無法分類，不是因為個性過強，但因為你悠遊於整個光譜的邊緣：你在你身上組合一些突出的特

性，但這些特性現在已經沒有作用，你發現你同時（或各別時候）變得很耽溺、歇斯底里、也很偏執，甚至變態（更不要提愛的瘋狂了）；你甚或加上所有的墮落哲學：享樂主義、幸福論、亞洲主義、善惡二元論、懷疑論。

　　「一切皆在我們之中，因我們就是我們自己，永遠都是我們自己，但每一分鐘都在變化。」〔狄德羅，《駁斥海維修斯》（*Refutation d'Helvétius*）〕。

部分詞

　　小布爾喬亞：這個述詞可以附著於任何主詞；而此一惡沒有人可以倖免（這很正常，所有法國文化，這是大大超越書本之外的，均離不開這個）：工人、主管、教師、對現狀不滿的學生、激進分子、朋友 X 或 Y，還有我自己，當然，**都存有小布爾喬亞**成份：這是一個大量的部分詞。另外一個語言的字眼一樣游離驚人，在理論的論述中一樣成為純粹部份詞：那就是「文本」。我說不出什麼樣的作品才叫做「文本」，我只能說，這其中有文本。「文本」和「小布爾喬亞」因而構成一個普遍性的實體，後者有害，前者有益。它們有一個共通的論述功用：普遍性的價值作用者。

巴岱伊，恐懼

大抵而言，巴岱伊（Georges Bataille）很少令我感動：笑，崇拜，詩，暴力，與我何干？對於「神聖」，「不可能」，我沒什麼話說？

然而，只要我使這一整組（奇怪的）語言對應我可以命名的慌亂，也就是**恐懼**，巴岱伊便能再度征服我，他所寫的正是在描寫我：真對得上。

階　段

文本之間	類型	作品
（紀德）	（寫作的願望）	—
沙特	神話學	《寫作的零度》
馬克思	社會性	《有關劇場的文章》
布萊希特		《神話學》
索緒爾	符號學	《語言學要素》
		《流行體系》
索雷斯		《S／Z》
克莉絲提娃	文本理論	《薩德、傅立葉、羅耀拉》
德希達　拉岡		《符號帝國》
（尼采）	道德性	《文本的歡悅》
		《羅蘭巴特論羅蘭巴特》

説明：

1. 「文本之間」所列作者並不一定是對我造成影響的領域，寧可說是一種象徵的、隱喻的、思想字眼等性質的音樂，如同**歌聲**的符徵。

2. 道德性（moralité）甚至可以看成是道德（morale）的相反（這是語言狀況下身體的思想）。

3. 首先是（神話學的）**介入**，然後是（符號學的）**虛構**，然後是分裂，一些片段，一些**句子**。

4. 在不同的階段之間，很明顯，存在重疊、反覆、親近關係及遺留等，由（刊在雜誌上的）文章，來作連結。

5. 每一個階段都是反作用：作者有時對旁人的論述產生反應，有時則是對自己的論述產生反應，如果兩者開始變得過度堅實的話。

6. 俗語說，舊的去，新的來，我正是如此，神經官能症一走，反常倒錯就來：耽溺於政治和道德問題，緊接著是科學狂熱，由反常倒錯的樂趣加以解除（這裡終究是戀物癖的）。

7. 劃分一段時間、一部作品、演變的各個階段——不管是否與相想的運作有關——這有好處，可以藉此進入知性溝通的遊戲：可以**讓人理解**。

結構主義的流行時尚：

　　流行直到軀體，由此我像鬧劇或漫畫一般回到我的文本。某種集體的「本我」取代了我自以爲是的自我意象，我就是這個「本我」。

句子的效用

　　X 告訴我說，有一天他決定「要擺脫所有不愉快的戀愛」，他自認這個**句子**說得真好，幾乎已經補償了他自己曾經挑起的那些不愉快，他因此想更進一步（和我一起）投入這個屬於語言的（美學的）**反諷保留區**，藉以得到更多益處。

政治的文本

　　從主觀上看，政治可以說是煩惱以及／或是樂趣的不斷泉源，更進一步由**事實**看（換句話說，無視於政治主體的狂

妄性），這是一個絕對多重意義的世界，一個專門提供無止盡詮釋的地方（如果這種詮釋是充分系統化的話，那麼此種詮釋必然永不會出差錯）。從上述兩點我們可以如此下結論，政治是一種純粹的**文本**：文本的一種極度誇張形式，一種前所未聞的形式，由於其大量湧現及其特有之假面具偽裝方式，竟超越了我們至今為止對文本了解的範圍。薩德曾經創造了最為純粹的文本，我認為政治帶給我的樂趣，如同**薩德（sadien）**的文本所帶給我的樂趣，但是政治令我不舒服的地方，則如同**性虐待狂（sadique）**文本那樣令我感到不舒服。

字　母

　　字母的誘惑：以字母的順序連貫一些片段，這是置自身於語言的榮耀（這是讓索緒爾絕望的地方）：一種沒有理由的秩序（與模仿無關），但又不是武斷的（因為大家認識且同意此方式）。字母是令人愜意的：令人煩惱的「大綱」、誇張的「發展」、扭曲的邏輯等的結束，論說文的終結！一片段一觀念，一觀念一片段，為了連貫這些元素，僅僅只要千年以及瘋狂的法文字母秩序（它們本身是無理性的（insensé）物體——意義（sens）的缺乏）。

　　他不為一個字定義，他為一個片段定名，他甚至**翻轉**字典的作為：字來自說明，而不是說明從字而來。說到詞彙，我只記最形式的原則：單位的順序。此一順序有時卻是狡猾的，因為它會產生意義的效果，但如這個效果又不是我們想

要的，你就必須打碎字母，以便尋求更好的規則：（異種邏輯）決裂的規則，用以阻撓一個意義「凝凍形成」。

我再也記不起的順序

　　他模糊記得他寫這些片段文字的順序，但是，這個順序來自何處？如何分類？如何分先後次序？他已經記不得這些了。按字母順序會抹除一切，壓制源頭。也許在某處有某些片段，像是按其相互關係而編排，但重點是這些小組的範圍卻並不互相配合，成為單一的大的範圍，成為本書的結構及其意義所在。為了停止、轉變或區分論述的方向，不讓它走向一個主體的宿命，有時字母會提醒你順序（或混亂）的問題，會跟你說：**停！用別的方式重寫這一段**（但是，有時為了相同的理由，你必須打碎字母）！

多元書寫的作品

　　我想像一種反結構的批評，這種批評不尋求作品的秩序，反而尋求其混亂；為了如此，只要認為所有作品皆像**百科全書**：每一文本有否可能透過許多不一致的題材（學問或感性），把這些題材藉由其互相接近的修辭方法（換喻和連詞省略）加以呈現出來，有否此種可能？作品如像百科全書，則可把混雜的題材照單全收，此即作品的反結構方法，

它的陰暗及瘋狂的多元寫作（polygraphie）。

教士語言

以儀式而言，成為教士會這麼擾人嗎？談到信仰問題，哪一位人類主體能說他有不和他的「信仰」經濟學合而為一──或多或少？這對語言來講絕無可能──教士語言？不可能。

可預見的論述

可預見的論述之無聊。可預見性屬於結構的範圍，因為等待或相遇的模式是可能成立的（用一句話說：懸疑），而其語言則為場景（為敘事而創造），因此，人們可以藉此可預見性的程度上創造出一種論述的類型學。**死人的文本**：冗長單調的文本，一個字都不能更改。

〔昨晚，在寫完上述片段文字之後，在飯館裡，隔壁桌有兩個人在談話，聲音不大，但很字正腔圓，滔滔不絕，好像早已準備好要在公眾場所當眾朗誦一般：他們一個句子接一個句子（一些朋友的名字，帕索里尼（Pasolini）的最近的一部電影，一切均是可以預見：好像在灌輸某種思想，一板一眼，絲毫不差。這種聲音和慣見的老生常談相調和：此即饒舌是也）。

書的計劃

　　（這些概念來自不同時期）：「慾望的日記」（逐日記載在現實世界每天的慾望）。「句子」（句子意識型態和情慾）。「我們的法國」（今日法國的新神話學，或是：作法國人快樂／不快樂嗎？）。「業餘愛好」（把我在作畫時所想到的寫下來）。「恐嚇的語言學」（價值、意義的戰爭）。「一千個幻想」（寫出他的幻想，不是夢）。「知識分子的動物學」（和螞蟻的動物學一樣重要）。「同性戀的論述」（或是：同性戀的各種論述，或是各種同性戀的論述）。「食物的百科全書」（營養、歷史、經濟、地理，特別是象徵等各個角度）。「名人故事」（讀了許多傳記，歸納出一些特徵，傳記元素，如同他寫過的薩德和傅立葉）。「視覺基本原型選集」〔「穿著深色衣服的北非阿拉伯人（Maghrébin），手上拿著《世界報》，走進咖啡館，向一位正坐著喝咖啡的金髮女郎進攻」〕。「書／生活」（拿起一本古典作品，把一年之間的生活點滴與其相關地寫下）。「偶發事件」（Incidents）（迷你文本、縐折、日本俳句、速寫、意義的遊戲、隨筆、所像一片樹葉一樣落下的吉光片羽），等等。

和精神分析的關係

　　他和精神分析的關係不夠謹慎（他沒有去拒絕，也沒有參加爭論），這是一種**搖擺不定的**關係。

精神分析和心理學

　　精神分析要能夠講話，首先必須能夠擁有另一個論述，一個比較笨拙的論述，在這個論述還不屬於精神分析的範圍。這個會說話的，**位處後方**的論述——和古代文化及修辭學仍糾纏不清——此即心理學的論述片段，心理學的功用正是作為精神分析的良好對象。

　　（有權力的人，你要討好他。我在路易十四中學唸書時，有位歷史老師，常常有需要被學生起哄，像是日常用藥，無時無刻，他引起學生起哄吵鬧的方式不一而足：賭氣、裝無辜樣子、說雙關語、擺曖昧姿勢，直到這些暗中挑弄的行為中的悲傷；後來學生很快地了解他的做法，某些日子，他們虐待他，故意不跟他吵鬧。）

「這是什麼意思？」

持續（且虛幻）的熱情：對什麼事都好奇，即使是最微末的瑣事，但不像小孩那樣問：**為什麼**？而是像古希臘人，問意義方面的問題：**這是什麼意思**？好像萬物皆顫動著意義，他努力透過描寫和詮釋要把事實變成觀念，也就是說，**他希望找到事物的另一個名稱**。這種癖好並非虛幻：比如，如果我注意到——我急切地注意到，住在鄉下時，我喜歡在花園裡小便，我就會想要立刻知道這代表什麼意義。去注意這類小節的熱忱，就社會角度看，像是一種主體的惡習印證：**不可以脫離名詞的行列，不可以搞亂語言**，過多的命名是荒誕不經的〔朱爾定先生（M. Jourdain），《波瓦爾與貝居謝》〕。

（在這裡，除了回想一篇（這是寫出它的代價），每一篇片段都有意指，不敢把事實丟在一個缺乏意義的狀態之中：這正是寓言的動作，每一現實都能得出教訓、意義。一本相反的書可以被設想出來，可以引證轉述許多的「事件」，卻禁止由其中提出一點意義：這指的正是一本日本俳句式的書。）

什麼樣的推理？

　　日本代表一種正面的價值，喋喋不休則代表一種負面價值。然而，日本人卻喋喋不休，這似乎不成立：我們可以這樣說，這種喋喋不休不屬於負面〔「整個身體……和您喋喋不休，其中符碼的完美掌握卻能驅除退化幼稚的特性。」（《符號帝國》，20 頁）〕。B. B. 所從事的正是他對米西列的看法：「某種米西列式的因果關係確實存在，但是這種因果關係則小心翼翼地被棄置於道德的一些不真實的領域之中，這些領域正是道德秩序的『必要性』，一種心理學式的公設定理……：首先，古希臘**必定**不可以是同性戀，因為古希臘乃啟蒙之始也，等等。」（《米西列》，33 頁）。日本的喋喋不休**必**不可是退化的，因為日本人很可愛。

　　此種「推理」事實上是一種隱喻的連貫：它採取一種現象（一種引伸意義，字母 Z），然後讓它承受一連串的大量觀點，以此替代論理，這是一種意象的開展：米西列「吃」歷史，之後加以嚼食，然後「漫步」於其間，等等，發生在一隻馴羊身上的，一樣**適用於**米西列身上，隱喻的使用扮演詮釋的角色。

　　所有的論述皆是「詩化的」（其中沒有價值判斷），如果論述中的文字導引概念：你喜歡文字，你臣服於文字之下，你便脫離了以符旨為主的律則，以傳意為主的寫作（l'écrivance）。此乃不折不扣**夢的**論述（我們的夢捕捉從鼻

子底下經過的文字，然後編織出故事）。我的身體本身（不只是我的概念）也可以由文字**構成**，然後由所藉用的文字再行自我改造：這一天，我在我的舌頭上面發現一個紅色的硬塊，是一種表皮擦傷——不痛不癢，接下來，我推**斷**可能是癌症！但經過仔細檢查，才知道這不過是一小塊白色脫皮的皮屑，附著在舌頭上面。我只能大膽地說，這一類小小狂想曲之所以產生只是用來使用下面這個由於其準確性而顯得有趣的罕見字眼：**表皮擦傷（excoriation）**。

退　化

下面兩種情況可能帶來退化的危險：主體談論自己（心理主義和自我迷戀的危險），以及用片段文字方式寫作（格言式及高傲的危險）。

本書寫作的素材我實在無認識：無意識和意識型態，只出於他人的聲音。比如經過我身上的象徵及意識型態，因為我自己是其中的盲點（唯一屬於我自己的，就是**我的**想像，那是**我的**幻覺：本書的根源）所以我不能在（文本中），**如是地**將其置入場景。至於精神分析和政治批評，我只能以奧爾菲的方式加以整理：不回頭，不注視，不宣告（或一點點，這只在想像的奔馳中稍加詮釋而已）。

這個集子的名稱（某某論某某）有一個分析性的後果：**我自己論我自己**？可是，這就是想像進行的方式！鏡子的反光如何投射或迴響在我自己身上的呢？在這折射之外——這

是我唯一能加以投注一眼的地方；但是即使有人對它有話要說時，我亦無法排斥反對——這是現實，也是象徵界存在之處。我對於它沒有責任（我只和想像已有大量事情要作！）：該由別人，或移轉甚至由**讀者**來。

　　總之，這裡很明顯，乃是透過「鏡子」旁的「母親」，展現一切。

結構的反射

　　如同運動員高興於自己良好的反射作用，語言學家喜歡努力去抓住一個選項結構的生動作用。他讀佛洛依德的《摩西》（*Le Moïse*）這本書，很高興能夠因而解開意義的扣子：他因為發現兩個對立的字母一步一步導向兩個對立的宗教而高興不已：Amon／Aton，整個猶太教歷史即是從「m」導向「t」的過程❶。

　　（結構的反射在於儘量把一個純粹相異**拉回**到一個極端的共同根源：在極端處。意義爆開，純粹的枯燥，適時獲得意義的勝利，如同一個良好的「驚悚片」。）

---

❶　佛洛依德在《摩西與一神教》中指出，古埃及便具有一神教之雛型，即太陽神阿瑪(Aton)的崇拜，而阿蒙(Amon)則是古埃及傳統多種教中的一種主神。佛洛依德認為摩西把這種一神教的精神注入猶太教之中─譯註。

統制與勝利

在社會論述的群魔殿中，在這種社會的大方言中，我們可以區分出兩種高傲的不同形式，兩種巨大的宰制修辭學領域：**統制**與**勝利**。主流意見並非勝利者，它卻採取統治者姿態，它擴散，它黏附；這是一種自然而合法的宰制；這是一種普遍的覆蓋，帶著「權力」的恩賜而四處蔓延；這是一種普遍的「論述」，一種喋喋不休的形式，一向即潛伏於「持有」一種論述的事實之中（自信說某種事物）：這是為何主流意見無線電廣播之間有親密性：龐畢度（Pompidou）死的時候，三天之內，消息即**四處散播，無所不至**。相對地，激進運動的、革命的或宗教的語言（在宗教仍激進活動的時代）則是一種勝利的語言：其論述的每一動作皆像古代的勝利者一樣：勝利者押著被打敗的敵人遊行炫耀。我們可以估量政治政體的言語模式，並依其係勝利的（仍然）或宰制的（已經）而了解此一政體的進化情況。比如，1793 年革命的勝利，是依何種節拍，何種姿態，一步一步逐漸緩和平靜下來，如何「凝凍」，最後過渡到「統制」的局面（資產階級的言語），這即是我們要研究的。

價值領域的消除

矛盾：一篇談論價值的長篇文本，談論估量價值的持續性喜好情感——同時帶來倫理學和語義學的活動——同時**正由此而**引發一股力量，夢想著「價值的領域無保留的消除」（有人說，禪的企圖正是如此）。

誰限制了呈現？

布萊希特把濕的衣物丟進女演員的籃子裡，為了她的腰肢可以更靈活扭動，以便和被異化的洗衣婦相像。這很好，但也很蠢，不是嗎？因為籃子裡的重量不是衣物，而是時間，是歷史，這種重量，如何**呈現**呢？政治是無法呈現的：它抗拒抄襲，即使想努力模仿得很像也是枉然。與社會主義藝術根深柢固的信仰相反，政治的開始，便是模仿結束之時。

迴　響

任何與他有牽連的字都會對他造成極巨大的迴響，而此一迴響卻會為他帶來疑慮，以至於他會害怕地逃避所有可能以他為主題的論述。別人說的話，不管是恭維與否，都是來

源頭，被印上標記。只有他本人，才可以判斷去讀一個談論他的文本所作的必要努力。與世界的聯繫因此總是起源於面對一種恐懼。

成功／失敗

重讀自己寫的東西，他相信他在每一篇作品的結構中看到了一種特殊的區分：**成功／失敗**。一團團地出現，一些成功的表達，一些快樂的篇章，然後是煩惱的泥沼，一堆廢物，他甚至開始列出名單。什麼？沒有一本書是持續性成功的？──毫無疑問關於日本的那冊作品即是。可以和美妙的性愛相回應，自然是持續的，歡悅的寫作幸福：**在他的書寫之中，每個人在捍衛他的性愛**。

還有第三種情況的可能性：不成功，也不失敗，而是**可恥**：裝飾著想像的百合花圖案。

選擇一件衣服

我在電視上看到一部關於羅莎・盧森保（Rosa Luxemburg）的影片，我看到她漂亮的臉。我看到她的眼睛時，產生一股想讀她著作的欲望。我想像出一篇虛構的小說：這是一個知識分子的故事，他決定成為馬克思主義者，但他必須選擇他自己的馬克思主義，哪一個呢？哪一個方向？哪一種標誌？

列寧、托洛斯基、盧森堡、巴古寧、毛澤東，還是鮑狄卡
（Bordiga）？這要走入圖書館，讀遍群書，好像挑衣服那
般，挑選一個最適合自己的馬克思主義，然後準備好以他自
己身體的經濟出發進行論述。

　　（這裡可以是《波瓦爾和貝居謝》這本小說中沒寫到的
一個場景——如果波瓦爾和貝居謝沒有在每一個圖書館從事
研究的時候改變一次身體的話。）

EPREUVES ECRITES

COMPOSITION FRANÇAISE *

Durée : 6 heures

— —

« Le style est presque au-delà [de la Littérature] : des images, un débit,
un lexique naissent du corps et du passé de l'écrivain et deviennent peu
à peu les automatismes mêmes de son art. Ainsi sous le nom de style, se
forme un langage autarcique qui ne plonge que dans la mythologie per-
sonnelle et secrète de l'auteur... où se forme le premier couple des mots
et des choses, où s'installent une fois pour toutes les grands thèmes ver-
baux de son existence. Quel que soit son raffinement, le style a toujours
quelque chose de brut : il est une forme sans destination, il est le produit
d'une poussée, non d'une intention, il est comme une dimension verticale
et solitaire de la pensée. [...] Le style est proprement un phénomène
d'ordre germinatif, il est la transmutation d'une humeur. [...] Le miracle
de cette transmutation fait du style une sorte d'opération supralittéraire,
qui emporte l'homme au seuil de la puissance et de la magie. Par son
origine biologique, le style se situe hors de l'art, c'est-à-dire hors du pacte
qui lie l'écrivain à la société. On peut donc imaginer des auteurs qui
préfèrent la sécurité de l'art à la solitude du style. »

R. BARTHES, *Le degré zéro de l'écriture,* chap. I.

Par une analyse de ce texte, vous dégagerez la conception du style
que propose R. Barthes et vous l'apprécierez en vous référant à des exem-
ples littéraires.

* Rapport de Mme Châtelet

Les candidates ont été placées cette année devant un texte long de Roland BARTHES. On leur
demandait : - d'abord de l'analyser pour en dégager les idées de Roland Barthes sur le style,
- puis d'apprécier librement cette conception.

Un grand nombre d'entre elles ayant paru déroutées par l'analyse, nous insisterons sur cet
exercice. Nous indiquerons ensuite les principales directions dans lesquelles pouvait s'engager
la discussion.

I - L'ANALYSE

L'analyse suppose d'abord une lecture attentive du passage proposé. Or beaucoup de copies
révèlent des faiblesses sur ce point. Rappelons donc quelques règles essentielles sur la manière
de lire un texte.

Puisqu'il ne peut s'agir ici d'une lecture expressive à voix haute, on conseillerait volon-
tiers une lecture annotée, qui n'hésite pas à souligner les mots importants, les liaisons indis-
pensables, qui mette en évidence les parallélismes ou les reprises d'expression, bref qui dégage
par des moyens matériels la structure du texte. Cette première lecture n'a pour objet que de pré-
parer l'analyse qui doit être elle-même élaborée à partir des éléments retenus.

回收利用

韻　律

　　他一向崇尚古希臘的這個韻律，苦行和節慶的輪替交接，一個接另一個，互相補足（不喜歡現代的平板韻律：工作／休閒）。這也正是米西列的韻律，穿梭在生活與寫作，死亡與復活，偏頭痛和活力，故事（他寫路易十一時是在作苦功）和繪圖（他的寫作在此盛開）等等不同的韻律之間。這也正是他自己旅居羅馬尼亞期間所經歷過的韻律，依照斯拉夫和巴爾幹的當地習俗，這裡的人會定期在 3 天的節慶當中**大肆**慶祝玩樂〔遊戲、大吃大喝、熬夜及其他，這叫「克芙」（kef）〕。他在生活中一直都在尋求這種韻律，不只是他在白天工作的時候期待著晚上的樂趣（很平淡的一種），而且在晚上愉快地夜晚之後，開始期待第二天工作的開始（寫作）。

　　〔要注意的是，韻律不一定是規則性的：大提琴家卡薩爾斯（Casals）說得好，韻律是一種**遲緩**。〕

心照不宣

　　作家其所有陳述（即使是最猛烈的）包括有一種祕密的操作因子，一些不表達的字眼，某些像是來自類似否定或疑問範疇的靜態詞素之類的東西，說成口語就是：「心照不

宣！」（et que ça se sache!）這句話印壓在任何寫成文字的句子上，每個句子都會產生一種喉嚨的及肌肉的張力，一種氣流，一種雜音，會教人聯想到劇場上敲三響或蘭克大銅鑼的響聲。甚至像亞陶（Artaud），這位異質邏輯之神，就說過他所寫的是一種：心照不宣。

在沙拉曼克和瓦拉度里之間

夏日裡的某一天（1970 年），他開車行走在沙拉曼克（Salamanque）和瓦拉度里（Valladolid）之間，為了打發無聊，他一邊開車一邊想事情，他帶著好玩的心情想到一種新的哲學，定名為「偏好主義」（préférentialisme），當時在車內他不在意，這種哲學可能太輕佻或有偏差：在唯物主義的基礎上（或石頭上），這個世界像是一塊布，一個展現語言革命和體系之戰爭的文本；同時，在這個世界裡，主體四處散落，未加組織，只有付出想像的代價才能加以掌握，而如何選此一假似主體的選擇（政治的、倫理的）又無任何奠基性價值：**選擇什麼並不重要**，誇張或暴力均無妨，我們只要宣告出來，這只是一種**傾向**：站在世界的**碎片**之前，我唯一的權利就是我可以**偏好**。

問答練習

1. 為什麼上文裡作者要特別註明日期？
2. 為何此處他會《作夢》或《無聊》？
3. 為何作者想到的哲學會「有偏差」？
4. 解釋「一塊布」的隱喻。
5. 舉出一些可能和「偏好哲學」相對立的哲學。
6. 解釋「革命」、「體系」、「想像」、「傾向」這些字眼的意義。
7. 為何作者要強調某些字眼或某些表達方式？
8. 說明作者的風格特點。

知識和寫作

　　每當他在書寫一個文本時，進行得好好的，他喜歡去查閱一些知識性的書，尋找補充資料。如果可能，他倒想弄一個**參考資料**專用的圖書室（字典、百科全書、手冊，等等）：許多知識隨手可得，隨時可用，只要去查閱即行——但不必「吃」下去，知識放在一旁，當成寫作的**補充材料**。

價值和知識

　　（談到巴岱伊：）「總之，知識即是力量，但是它卻像煩悶那樣被加以克服。價值不是要鄙視、貶低或丟棄知識，而是要解除知識煩悶，讓知識安頓下來。價值並非根據一種爭論性的觀點去反對知識，而是根據一種結構的意義，知識和價值互有輪替作用，根據「**戀愛的韻律**，兩者可以互相讓對方平息下來。這裡是論文寫作情況的總結（我們在談巴岱伊）：科學和價值的戀愛韻律：異質，歡愉」（《文本的脫出》，54頁）。

爭吵的場面

　　他總是在（家庭的）「爭吵場面」中感受到一種純粹的暴力體驗，因而使他不論在任何地方，只要一聽到家庭吵架，便感到**害怕**不已，好比小孩子看到父母吵架而受到驚嚇一般（他每次都是不顧羞恥地走開）。如果說爭吵場面的迴響是那麼嚴重，那是因為這種場面赤裸裸展現了語言的癌症。語言無法關閉語言，爭吵場面即是證明：互相駁斥的話層出不窮，沒完沒了，除非有一方把另一方給殺了。這是因為爭吵場面不斷伸展向最後的暴力，卻永遠不會實施（至少在「有教養」的人之間如此），這是一種本質的暴力，一種

以相互培養沾沾自喜的暴力：可怕而荒謬，如同科幻小說中的同態調節器（homéostat）。

　　（爭吵場面在劇場上則被馴服了：劇場將它制服了，強迫它告一個段落，把語言停止可以說是對付語言暴力的最大暴力。）

　　他無法忍受暴力，這種本性，即使經常流露，對他而言卻始終是個謎，但他認為他能夠忍受的理由必須從這個角度去探查：暴力總是組織為爭吵場面，最可以傳達的（及物的）行為（消除、殺、弄傷、制服等）大多是最具劇場性格的，而他反抗的正是此種語義學的醜聞（意義的本質不正是與行動對立的嗎？）。在所有的暴力中，他不期然看到了一種怪異的文學性核心：許多夫婦間的爭吵場面不正吻合一張大畫「被驅逐的女人」（la Femme chassée）或「棄妻」（la Répudiation）的模式嗎？所有的暴力都在說明一種悲哀的典型，奇怪的是，暴力行為卻又用一種全然不寫實的方式來裝飾並展現自己——怪誕而迅速的方式，同時主動而固定——這讓他對暴力產生一種在別處感受不到的感覺：一種嚴酷（這顯然是一種純的教士反應）。

戲劇化的科學

　　他懷疑科學，並批評其無情（尼采用語）和冷淡，學者們把此種冷淡設定為一種「法律」，然後自己充當檢察官。每當有人企圖將科學**戲劇化**時，判刑就下來了（這時它擁有

區別的能力，文本的效力）。他喜歡的學者，他從他們身上可以看到一種不安，一種動盪，一種癖好，一種狂熱，一種轉折。他從索緒爾的《一般語言學課程》一書中獲益良多，自從了解索緒爾狂熱地傾聽字詞位置變化的現象（Ana-grammes）之後，他更加欽佩索緒爾了。他在許多學者身上可以感受到某種令人高興的缺點，但大多時候，他們不敢由此處產生作品：他們的發言遂被拘束住，變得呆板而冷淡。

　　因此，他心裡在想，由於不懂得進一步去「發狂」，記號學這門科學並沒有好好發展開來：經常只是一些冷淡研究的低聲細語，使得對象、文本、身體的差異消泯。然而，我們怎可忘記記號學原來和意義的熱情，它的末世紀與科學或它的烏托邦多少仍是有一些關連的？

　　研究對象構成體（corpus）：多棒的主意！只要我們願意在研究對象構成體中讀出**身體**：其一，或者研究之對象為全部之文本（此乃構成研究體裁），不只研究結構，而且研究發言行動。其二，和此研究體裁保持一種戀愛關係（不如此，此研究體裁只是一種科學性之想像而已）。

　　常常想到尼采：我們之所以是科學家是因為缺乏細膩性——我以相反方式，以烏托邦而言，想像一種戲劇性和細膩性的科學，將亞里斯多德式命題進行狂歡節式的翻轉，然後大膽去想（至少在一瞬間的電光火石之中）：**只存在差異的科學**。

我看到語言

　　我患了一種病：我**看到了**語言。我本來只應該對它加以傾聽的，但因為好笑的衝動，在慾望弄錯對象這種情況上淪為反常，然後在我面前展現為一種「視象」，如同西比昂（Scipion）所夢想的音樂環世界（保留所有比例！）。最開始的場面，我只聽到而沒看到，緊接下來的是反常場面，我想像我所聽到的一切。聽覺偏移為視覺：關於語言，我覺得我是靈視者，也是窺視者。

　　根據第一個視象，想像很單純：這是**我所看到的**別人的論述（我用引號加以框住）。然後我回轉視線投射在我身上的透視：我看到了**他人所見的**我的語言，我看到它**赤裸裸的樣子**（未加引號）：這是想像痛苦而羞恥的時刻。第三個視象應運而生：此乃無限分級的語言，從不加以關閉括弧：烏托邦的幻覺，預設著一個變幻不定的複數讀者身上，他們用一種靈活的方式把引號加上和拿開：他們開始和我一起寫作。

Eblouissement l'éblouissement contre la répétition contre la première fois entre les autres fois | *Nécessité de l'éblous-sement* | *Stéréotype Charmes du langage*

le Stéréotype "la classe ouvrière" Si on pouvait l'appeler autrement? parce que sans ça, ça devient un morceau mort, réduit, d'un raisonnement. Il n'y a plus d'éblouissement nominal (charmes du langage) →

概念的冒險：

才剛產生熱呼呼的，很難辨識它的本質：愚蠢？危險？無稽？要保留？或丟棄？否定？還是維護？

— *le Stéréotype, à ce point, a affaire avec la vérité On est induit à ce deman-der : la classe ouvrière qu'est-ce que c'est?*

　— *le terme nominal d'un rai-sonnement?*

　— *une chose? ça existe? où? quelles limites? quels critères*

相反方向

　　經常是，他從固定典型（Stéreotype），**他身上的**平庸意見開始，因為他不想要它，才去尋找別的事物（透過美學或個人主義的反射動作）。習慣上，在快速疲倦的狀況下，他會停在簡單的相反意見上面，停在矛盾言論或是機械式反偏見上面（比如：「只存在特殊的科學」）。總之，他和固定典型保持一種反叛的家庭式關係。

　　這是一種知性的「去固定化」（déport）（「運動」sport）：他有系統性地把自己帶向語言凝固的地方，以及有堅固實體和固定典型的地方。他是一個細心周到的廚師，忙著照料不讓語言變厚，不讓它**黏鍋**。此一單純形式的動作解析了作品的前進或後退：這是一種單純的語言戰術，在天空中開展，超越了任何戰略水平線。冒線的地方是，固定典型會移動，依歷史及政治之演變而移動，我們必須好好跟緊：可是，如果這個固定典型**轉向左派**，怎麼辦？

墨魚和它的墨汁

　　我每天寫個不停，一直寫，一直寫：好像墨魚在製造墨汁，我捆綁我的想像（為了替自己辯護，同時也把自己提供出來）。

　　我如何知道書已經寫好了？總之，一如往常，這牽涉到經營一種語言的問題。然而，在所有語言當中，符號會不斷回來，因此，符號最後必然滲透入詞彙—作品。幾個月之間，我滔滔不絕地流出這些片段文字，於是這段時間中所經歷的，自發地（未強迫地）結合於已作出的發言之下：結構一點一滴組成，然後逐漸變成像一顆磁石：我沒有書寫大綱，一個永久性恆常和有限的曲目即自己形成，如同語言的寶庫自我形成一般。有時候，有一些變化還會超越在亞哥號上發生的現象：我可以長久保存這本書，慢慢修改每一個片段文字。

一本談性愛的書之計劃

　　這裡有一對年輕男女和我坐在同一個火車車廂內，女的一頭金髮，濃妝豔抹，帶一副大墨鏡，正在讀《巴黎周刊》（*Paris-Match*）。她每個手指都帶戒指，指甲上均擦有各種顏色的指甲油，中指很短，塗著胭脂紅的指甲油，可以明顯看出這是一根經常手淫的手指頭。

　　我看著這對男女，目不轉睛，覺得**很有意思**，我遂想到這可以寫一本書（或拍一部電影），只寫次等性愛的特點（不色情的那種），讀者可以在此捕捉（或嘗試捕捉）每一個身體的性愛「個性」，這種性愛個性指的既非美貌，亦非「性感」的樣子，而是立即可以閱讀的展現在我們面前的那整個模樣。顯然這位指甲塗滿各種指甲油的年輕金髮女郎和

她的丈夫（屁股很豐滿，眼神很溫柔）一起把他們的性愛直接掛在胸口上，一目了然，如同一個榮譽勳章（**性愛**和**體面**的展現方式如出一轍），此一**具可讀性**的性愛（米西列必然讀得出此種性愛）散布整個車廂，充滿令人無法抗拒的換喻，這絕對不是賣弄風騷這樣的形容詞即可加以適當形容。

性　感

身體的**性感**和次等性愛不同（性感也不是指美貌），性感有可能引發與愛有關的遐想，甚至教人想入非非（專注於想這個，而不想別的）。同樣道理，一個出色的文本，我們可以說其中有許多獨立的**性感**句子：許多動人的句子，彷彿專為我們而設計，好像正**投合了我們的樂趣之所好**。

性愛的快樂結局？

中國人，每個人都會問（我是第一個），他們的性愛到底在哪裡？——這是一個模糊的概念（寧可說是一種想像），但如果這是事實，則必須修正先前所有的敘述：在安東尼奧尼（Antonioni）的一部紀錄片中，我們看到許多人民擠在一個博物館裡，正在圍觀一張模型，此一張模型展現古代中國一幕野蠻殘酷的畫面：一群士兵正在欺壓一個貧困的農村家庭。這整個模型看來很殘酷，也很痛苦。這模稿很大，很明

亮，其中的身體固定不動（像在明亮的蠟像館裡），同時十分激動，彷彿是肉體和語義學的一個極點。我們聯想到西班牙有關耶穌基督的真實派雕刻，這種生硬露骨的風格曾令雷南（Renan）相當反感（的確，他即把此風格歸咎於耶穌會教派）。上述的場面看來正是一種「超性愛化」，頗為類似於薩德式的畫面。我因而想像（只能說出於想像）性愛，**如同我們所説的，而且正是作為我們的談論**，乃是一個被壓榨社會的產物，來自於人類的惡劣歷史：簡言之，即文明之成果。如果一個自由的社會可能把性愛，**我們的**性愛，毫不保留加以驅逐、消除、滅絕，**但又沒有壓抑**，則：陽具崇拜就不見了！我們可以像古代的異教徒，由它創造出一個小神。唯物主義難道不正是與性愛**保持距離**，使它**暗淡地**墮落於論述和科學之外去？

變換器（Shifter）是烏托邦

　　他接到一位遠方朋友寄來的一張卡片：「星期一。我明天回來。尚-路易（Jean-Louis）。」

　　就好像朱旦（Jourdain）和他著名的散文（實在是非常小資產聯盟式的場景），他遂想到傑柯布遜（Jakobson）所分析過的一個雙重運作元的居然可以在這麼簡單的陳述中找到痕跡，十分讚嘆。尚-路易自己很清楚他自己是誰，也知道他寫這張卡片的日期，可是我收到這張卡片時卻是一頭霧水：哪一個星期一？哪一個尚-路易？**從我的觀點看**，我如何能夠

立即在那麼多的尚-路易和那麼多的星期一當中判斷出這到底是哪一個尚-路易和哪一個星期一？不管任何的符碼，為了只說出最為人熟悉的運作方法，**變換器**乃是一種狡詐的媒介——一樣由語言所提供——打斷了溝通：我說話（看我嫻熟操作我的符碼），但我把自己藏在一個陳述情況的霧中，這乃對方所不知道的情況。我在我的述說中使用了**對話逃遁**（fuite d'interlocution）（當我們美妙地使用變換器，代名詞「我」的時候，不正是經常發生此種情況嗎？），由此看來，他把變換器想像成是一種社會的顛覆（我們所謂變換器，包含語言中所有不確定表達方式：我、這裡、現在、明天、星期一、尚-路易），這種顛覆為語言所特許，卻不為社會所包容，因為此一主體性逃遁會帶來恐懼，同時社會亦會堵塞且減低雙重性運作的機會（星期一、尚-路易），要不然，只要指出確切的日期（星期一、3 月 12 日）或是指出姓氏（尚-路易·B.），則一切一目了然。如果我們擁有一種自由，大家戀愛時只叫對方的名字以及只使用變換器，只說我、明天、哪裡，而不要說明任何合法指涉，那麼，而這種**模糊的差異**（唯一尊重細膩和無止盡反響的方法），在此成為語言中最珍貴的一種價值？

在意義中構造，三樣東西

自從斯多噶主義時代以來，在意義構造中即存在有三樣東西：符徵（le signifiant）、符旨（le signifié），以及語詞對

象（le référent）。但是現在，如果我想像一種價值的語言學（但是，如何建構這個價值而自己仍停留於價值之外？如何用「科學的」及「語言學」的方式去建構這個價值？），上述意義構造中的三樣東西已經不再一樣，其中的一個大家已很熟悉，此即意義構造的過程，古典語言學的普通領域，但亦僅止於此，禁止不再往下發展。另外兩個較不為人知道，第一個是「通告」（la notification）（我**猛烈放出**我的訊息，我傳喚我的聽眾）；第二個是「簽名」（la signature）（我炫耀，我不得不自我標榜）。透過此一分析，我們只要展開「表示」（signifier）這個動詞的詞源：製造記號、（對某人）做手勢、以想像方式簡化為自己的訊號、在它身上產生昇華作用。

一種過於單純的哲學

人們常說，他看社會的方式過於單純：好比語言（論述、虛構、想像、理性、體系、科學）以及慾望（衝動、創傷、不滿，等等）此兩者巨大而永恆的磨擦。在此一哲學中什麼會成為「真實的」？它並未被否定（且常常被冠上進步主義者的名號而不斷被引用），但常被列入為某種「技術」，經驗理性，一種「處方」的東西，一種「藥品」，或是「結局」等（如果人們如此反應，他們就製造出這些；我們為了避免這個，就只有順水推舟。等待，並讓事情自己轉變，等等）。最大差距的哲學：如果涉及語言則狂亂；如果涉及

「真實」，則是經驗的（也是「進步的」）。

（總是這種對黑格爾哲學法國式的排斥。）

符號中的符號

阿寇斯達（Acosta）這位葡萄牙紳士原來是猶太人，流落到阿姆斯特丹來，他參加當地猶太教的聚會，卻批評猶太教，後來被猶太教士開除教籍，他原應從此脫離他們這些團體，但他的結論卻非如此：「為什麼我要委屈自己，孤獨一人，去過那種不方便的生活，來到一個國家，卻不懂他們的語言？倒不如在符號中做符號，不是更好嗎？」〔拜爾（Pierre Bayle）：《歷史與批評的辭典》（*Dictionnaire historique et critique*）〕。

當沒有一個語言適合你運用的時候，最好的解決方法就是去**偷一個語言**——如同以前有人偷麵包那般（那些在權力之外的人——許多人皆如此——都被迫偷竊語言）。

社會階級之區分

社會關係之界線永遠存在，而且很真實，他並不否認這個，而且努力傾聽許多人（相當多）對這個問題所發表的意見；因為他多少有些崇拜語言，在他眼中看來，這種真實的劃分因而消失在其自身的對話形式之中：對話本身才被劃分

和異化：他因此以語言為觀點觀察社會關係。

受辭「我」（moi），
主辭「我」（je）

　　有位美國學生（是實證論者，還是對現狀不滿，我搞不清楚），似乎是自作主張，他把「主體性」（subjectivité）和「自戀」（narcissisme）相提並論且視之為同一物。無疑他認為主觀性乃在於談論自己，特別是談自己的優點，顯然他在此落入了一個古老的窠臼：**主體性／客體性**。然而，今天主體已經不可同日而語，「主體性」已回到螺旋的另一個位置：解構、分化、偏離、沒有依靠：為什麼我不談作受辭的「我」，既然「我」已不再是「自我」？

　　人稱代名詞：在這遊戲當中，我把自己永遠關在代名詞的柵欄當中：「我」推動想像，「您」和「他」，偏執狂。然而，根據讀者，在短暫之間，如同閃光布，一切可能反轉過來：在「我（受辭），我（主辭）」之中，「我」可能不再是「我」，前者把後者以一種狂歡節的方式粉碎掉了。我可以說自己是「您」，薩德即是如此，此乃為使自己遠離工人，寫作的製造者是作品的主體（作者）。另一方面，不說「自我」的意思可能是：我是「不說自己的那個人」；而以「他」去談自我，這意思可能是：我說我自己**有點像在說一個死人**，跌落入一個偏執誇張的輕霧之中；或甚至是：我像布萊希特的演員那種方式談我，布萊希特的演員必須和角色保持距離，「呈現」角色，而不讓它附身其上，而其敘述方

式如同輕輕的推動方式，使之產生名字從性身上滑開的效果，並且使意象脫離其承體，想像脫離其鏡面（布萊希特跟演員推薦以第三人稱去揣摩他自己的角色）。

透過敘述，偏執和疏離效果可以產生親密關係：「他」具有史詩性格。這意思是說：「他」很壞，這是語言中最壞的一個字：非人稱的代名詞，它取消並折磨其語詞對象；我們每次加以引用在我們喜歡的人身上時，總覺不自在；用「他」指稱某某人，我總覺是用語言在謀殺一個人，而其中整個場面，有時很盛大豪華，儀式森然，便是**閒話**。

令人感到嘲諷的是，有時「他」由於措辭混亂的效果所致而把位置讓給了「我」：因為在一個有點長的句子當中，「他」會無預警地指涉其它對象，而不是「我」。

這裡有幾句過時的命題（如果它們不互相矛盾）：**我如果不寫作，就什麼都不是。然而我卻在別處，而不在我寫作的地方。我比我所寫的東西更有價值。**

一個壞的政治主體

美學之為藝術乃在於能看出形式超脫於因和果之上，同時建立一種超然的價值體系，還有比它更相反於政治的事物嗎？然而，他總是無法擺脫美學的反對，他總是無法避免**看到**在一個他所贊成的政治行為中，此一政治行為所採取的形式（一種形式上的堅實），而這種形式他覺得，在某些狀況下，醜陋或可笑。因此，最不能令人忍受的敲詐行為（為了

什麼特別的理由呢？），乃是他所看到的國家政治中的敲詐行為。透過一種更不得體的美學情感，勒索的事件不斷發生，而且手法永遠如出一轍，他對這類行為的機械性特點實在嫌惡至極，反反覆覆，永不休止地重複：**又來了！真是討厭！**這好比一首好聽的歌曲反覆彈唱，亦好比一張美麗的臉孔不斷在抽搐。因此，由於一種看形式、語言或事件反覆的反常性情，他遂不自覺感到他變成一個**壞的政治主體**。

多重決定

《快樂的心》（*Les Délices des coeures*）作者提法西（Ahmad Al Tîfâchî, 1184-1253）這樣描寫一個男妓的吻：他很頑強地把舌頭伸進你的嘴巴，不停地來回攪動。我們會把這個看成是一種**多重決定**行為的論證，因為此一色情行為顯然與這位男妓的職業身分不符，他至少得到三種好處：其一，他展現了他的愛之科學；其二，他保住了他的陽剛意象；其三，他很少損及自己的身體，因為這樣的攻擊，使他拒絕內在。這椿軼事的主題是什麼？這不是一個複雜（compliqué）的主體（如一般流行意見痛苦的說法），而是一個**複合**（composé）的主體（如傅立葉會採取的說法）。

對自己的語言重聽

　　他所聽到的以及他忍不住想去聽的，正是別人對自己的語言的重聽：他聽到的他們無法自我聆聽。但是，他自己呢？他聽得到自己重聽嗎？他努力要聽自己的話，但老是只聽到吵鬧和虛構。他於是委託給寫作：這種語言不願再製造**最後斷言嗎**？目的只是一心一意期待別人能夠聽到您在說些什麼，難道不是嗎？

國家的象徵

　　1974 年，4 月 6 日，星期六，是龐畢度出殯的國殤日子，我特此誌之。整天收音機裡不停播放「好的音樂」（對我的耳朵而言的確如此）：巴哈、莫札特、布拉姆斯、舒伯特。「好的音樂」正是一種喪樂：一種官方的換喻，把死亡、精神、階級音樂結合在一起（罷工的日子，我們只會聽到「壞的音樂」）。我的隔壁，是個女的，她平常只聽熱門音樂，今天收音機就關了起來。我們兩個人都一樣被排擠於國家的象徵之外：她不能忍受符徵（「好的音樂」），而我不能忍受符旨（龐畢度的死）。此一雙重切除難道不正是從這種被操弄的音樂中製造出一種壓制性的論述嗎？

L'espace du séminaire est phalanstérien, c'est-
à-dire, en un sens, romanesque. C'est seulement
l'espace de circulation des désirs subtils, des désirs
mobiles; c'est, sans l'artifice d'une socialité
dont la consistance est miraculeusement entérinée,
selon un mot de Nietzsche : "l'enchevêtrement des
rapports amoureux".

有徵候的文本

我要如何做才能使這些片段文字避免淪為一種**徵候**？——很簡單：任其**倒退**（régressez）。

系統／有系統的

真實的特性不就是它**無法被掌握**？而系統的特性不就是對真實的**掌握**？在面對真實時，對於不肯去掌握的人，又該怎麼辦？把系統像工具一般打發走，然後把（有系統的）一貫性當成像寫作一般加以接受（傅立葉即是如此做，《薩德、傅立葉、羅耀拉》，114頁）。

戰術／戰略

他作品的動作是戰術性的：在於挪動，在於攔阻（就像在玩柵欄遊戲時一樣），而不在於征服。例如：文本之間（intertexte）此種概念？基本上，這種概念絕無實證性，只在於對抗文本脈絡（contexte）的律則（1971, II）：**觀察**有時像一種價值那樣被展現出來，但這不在於頌揚客觀性，而是在於攔阻資產階級藝術的表達力；作品的曖昧性（《批評

與真實》，55 頁）絕不是來自「新批評」，這提不起他的興趣，這只是一種對抗古語言學律則的小武器而已，同時也用來對抗學院派的正確意義的暴政。這部作品因而可以如此定義：**沒有戰略的戰術**。

不久之後

　　他有一個癖好，那就是一本「真正的」書放在「不久之後」，而寫作諸如「導言」、「提綱」、「元素」之類的東西，這種癖好有一個修辭學上的名稱：**預辯法**（la prolepse）（珍內特（Genette）對此特別有研究）。

　　以下是這些曾被如此提出的書：寫作的歷史（《寫作的零度》，22 頁）、修辭學的歷史（1970, II）、詞源學的歷史（1973）、一種新的風格學（《S／Z》，107 頁）、文本樂趣的美學（《文本的歡悅》，104 頁）、一種新的語言科學（《文本的歡悅》，104 頁）、一種價值的語言學（《文本的脫出》，61 頁）、戀愛論述的清單（《S／Z》，182頁）、有關城市魯賓遜（Robinson）的虛構（1971, I）、小資產階級的總結（1971, II）、一本關於法國的書，書名——學米西列的做法——就叫作《我們的法蘭西》（*Notre France*）（1971, II），等等。

　　這些提綱大要，大致上而言，目的在於提供一本書的提綱挈領，在於滑稽模仿一些經典名著，只是一些簡單的論述行為（的確正是一些預辯法），屬於一種拖延術的範圍。但

是這種對真實（可實現的）之否定的拖延術並非較不生動：這是一些活生生的計劃，絕不會放棄，暫時擱著，任何時刻皆有可能付諸實現；或者，至少這仍是一種堅持要做某事的軌跡，**好像某些姿態一般**，這些東西穿越一些主題、一些片段、一些文章部份地完成：寫作的歷史（設定於 1953 年）在 20 年之後促生了一個法文論述的歷史之研討課；而價值的語言學則是本書的最早雛型。這是「一個大山生出一隻小老鼠」嗎？（La montage accouche d'une souris?）（喻：虎頭蛇尾）我們要重新審視這句輕蔑人的格言：一個大山生出一隻小老鼠並不為過。

　　傅立葉寫書不過是一本未來要出版的完美大書的預告（極清晰，極有說服力，也極複雜）。一本書的綱領預告（簡介說明）乃是一種拖延術的演習，用來處理我們內在的烏托邦。我想像，我幻想，我著色，我擦亮一本我寫不出來的偉大著作：這是一本充滿文采和知識的大書，書中建立了一個嘲弄所有系統的完美系統，是智慧和樂趣的總合，是一本既挑釁又充滿溫柔的書，而且也既充滿破壞性又十分的平和，等等（這裡會出現許多形容詞，充滿各式想像），簡言之，這本書具備了一本小說主角的所有氣質，乃是將來者（冒險），我自己於是成了施洗者約翰，我預告來臨。

　　經常是，他預見一些要寫的書（他卻不寫），把他覺得煩悶的書放在以後再寫。或者，他寧可**立即**動手寫下可以帶給他寫作樂趣的書，其他一概不管。關於《米西列》這本書，有許多地方他想重寫，比如有關肉體、咖啡、血、龍舌蘭、小麥等這一類主題。我們如此建立一種主題性的批評，

但這是為了在理論上不去違抗另一個學派——歷史的、傳記的，等等——因為幻想太過於個人化，不能拿出來討論爭議。我們宣稱這只是一種「先行批評」，至於「真正的」批評（批評別人的），則不久之後才出現。

　　您老是覺得時間不夠用（至少你自己這樣想像），期限和延後的逼壓，你堅決認為你只有安排先後次序，把該做的先做好，如此才能擺脫這個煩惱。你擬訂一些計劃大綱、一些行事曆，以及一些小記事簿。在你的桌上和卡片櫃裡，到處充塞著文章的、書的、研討課的，及要買的東西和要打的電話等單子。事實上，這些單子你從來不會去參考，你全憑自己的記憶去處理這一切，而記憶因為焦慮變得棒極了。但此乃無可避免：你把不夠用的時間拉長，儘量加以利用。我們稱此為「計劃強制」（la compulsion de programme）（我們猜得出這是一種接近怪癖狂的特性）。國家或集體顯然不能免除於此：要浪費多少時間在**作計劃**？由於我預備要寫一篇有關計劃的文章，計劃的理念本身逐成為一種強制計劃。

　　我們現在把這一切翻轉過來：這些拖延術的演習及這些計劃的層層推衍可能便是寫作本身。首先，作品一向只是一種未來要寫的作品之「後設版本」（預先的註解）而已，而此作品**並不會完成**，而是成為現在這個作品：普魯斯特和傅立葉所寫的一切都只是「簡介說明」（prospectus）而已。因此，作品從不會是不朽的：只是一種**提議**，每個人在此上面盡其所能去填滿：我給你一種語意學的材料去瀏覽，如同一種傳環遊戲。最後，作品是一種（劇場上的）**排演**，這種排演如同李維特（Rivette）電影中排演，冗長而無止盡，不時

被註解和離題打斷，與其他事物交織在一起。總之，作品是一種梯次配置，其本質乃為一種：一個不斷延伸的階梯。

Tel Quel 雜誌

他在 Tel Quel 雜誌裡的朋友：他們的原創性、他們的「真理」（除了知性能量、寫作才能）在於他們接受使用一種共通的、一般性的、無形的語言，也就是政治的語言，**但每個人又用自己的身體去談論這個語言**——那麼，你為何不也這樣作呢？——顯然，我並無與他們相同的身體，我的身體以**普遍性**為材料，而只有語言才有能力去概括一切——這不是一種個人主義的觀點嗎？難道不能在一個基督徒身上找到這種觀點嗎（著名的反黑格爾觀點，比如齊克果（Kierkegaard）的觀點）？

身體是一種無法化約的差異，同時是所有構造的原則（因為構造乃是結構中的獨特，1968，II）。如果我能夠用**我自己的身體**去談政治，我就能夠從最平凡的結構中理出一種構造，透過重複，我創造出了「文本」。問題在於知道政治機構能否長時間承認這種逃避激進運動之平凡的方法，因為我同時在其中貫注的是我自己活生生的充滿衝動的、愛愉悅的、獨一無二的身體。

天　氣

　　今天早上麵包店老闆娘跟我說：**天氣眞好！眞是有夠熱！**（這裡的人老是覺得天氣太好、太熱。）我說：而且，**陽光眞是美！**但麵包店老闆娘就不再接腔了，從這裡我再次發現到語言的短路現象，特別是在這類瑣碎無聊的談話場合上面。我瞭解「陽光真是美」這句話來自階級的感性；或說，麵包店老闆娘的確有看到「如畫一般的」陽光，但作為一種社會性的記號，「乃是模糊的」視覺，沒有輪廓，沒有實物，**沒有形像**，一種透明的視覺，沒有視覺的視覺（這種沒有形像的價值並不存在於壞的畫中，只有好畫才有）。總之，沒有一樣東西比氣氛更具文化性，沒有一樣東西比天氣更具意識型態。

樂　園

　　他因未能一次擁抱所有的前衛而覺遺憾，同時也因未能達到所有的邊緣而懊悔，他被限制住，他保持後退，太拘謹了等等而覺遺憾，但他的遺憾感覺卻又無法加以適切分析：他到底在反抗什麼？他在拒絕什麼？（或更膚淺地說，他在**睹**什麼**氣**？）一種風格？一種傲氣？一種暴力？一種愚蠢？

我的腦袋一團混亂

這樣的研究工作，這樣的題材（通常都是人們可以作論文的題目），這樣的日子，他真想說一句長舌婦的口頭禪：**我的腦袋一團混亂**（我們不妨想像一種語言，在此一語言之中，某些文法範疇的遊戲有時要求一個主體以老太婆的身份說話）。

然而，**就身體的水平而言**，他的腦袋可從沒混亂過。這可真是不幸：從不含糊、迷失，或反常；永遠清醒，不嗑藥，但夢想如此：夢見自我陶醉（但不因此立刻生病）；以前曾期待一次外科手術，有一次機會可以**暫時喪失意識**，但由於未曾全身麻醉，他未能得逞；每天早上清晨時，頭會有點暈，但腦子裡面卻仍固定住不動（有時滿懷心事睡著，在醒來的一刹那，這個憂慮消失了：白色的片刻，奇蹟似地喪失意義，但煩惱在我身上溶化了，像是一隻猛獸，我完全恢復了，**回到昨天的樣子**）。

有時他很想讓他腦中的、做研究用的，以及別人在用的語言睡著，好像這個語言是人體軀幹的一部分，累了。他覺得如果他讓語言休息，一切都會跟著停頓下來，可以離開危機、迴響、興奮、創傷、理性等等。他看到語言像一個疲憊老太婆的樣子（有點像雙手粗糙的古代女傭），她在**退隱**之後發出嘆息……。

劇　場

　　站在整個作品的十字路口，可能是劇場：沒有一個文本，事實上，不涉及劇場，而演劇乃是觀看世界的普遍性範疇。劇場出現於表面上特殊主題，不斷在他所寫的作品中來來去去：引伸義、歇斯底里、虛構、想像、場景、優美、圖畫、東方、暴力、意識型態（培根稱此為「劇場的魅影」）。吸引他的，是訊號多於符號，一種表徵：他最期待的科學不是一種記號學，而是一種**訊號學**。

　　他一向認為符號和感情不能分開，情感和劇場不能分開，所以無法**表達**他的仰慕之情、他的憤慨，以及他的愛，因為怕把這些感情表達得不好。他越覺感動時，就越覺退縮。他的「從容安然」實在無異於一個演員因為害怕演不好而不敢上場。

　　無法讓自己教人信服，但正是因為別人的信念，使此人在他眼中成為劇場性的人物，而讓他著迷。他要求演員展現一個有信念的身體，而不是真實的感情。底下可能是他所看過最好的一個劇場的場景：在一個比利時的餐車裡，有幾個公職人員（海關、警員）坐在一個角落裡，他們正埋頭大吃，細心而過癮的樣子（他們挑選香料、麵包及適當的餐具；只要眼睛一轉，便知道他們寧可要牛排，也不要老硬的雞肉），他們小心翼翼地料理他們的食物（細心地把魚身上的灰白色醬料去除，輕輕敲打酸乳酪，然後把層蓋掀開，吃

乳酪時用刮的而不用剝的，然後用刀子削蘋果，好像在削頭皮一般），他們是那麼專心地吃著他們的飯菜，以至於廚子們功夫都被顛覆了：他們和我們吃的是一樣的東西，但菜單卻是不同。從車廂的一頭到另一頭，由於單單一個**信念**的影響所及，一切因而改變（與身體的關係，不在於與感情或靈魂，而在於歡悅）。

主　題

　　最近幾年來，主題的批評突然不再流行，但是，我們卻不可太早丟棄此種觀念。對論述的運作而言，主題的概念很有用，因為它說明在論述此處之中身體乃是**在其自身的「責任」底下**往前行進，同時化解了記號的遊戲：比如，「粗糙的」（rugueux）這個字，既非符徵，在於，亦非符旨或是兩者同時都是：它固定在此，但同時又指涉遙遠。為了從主題中創出一種結構的概念，必須擁有一些詞源學的狂熱：因為結構的單元到處都是「詞素」、「音素」、「意義元素」、「味覺素」、「衣物素」、「色情素」、「傳記素」，等等。根據聲音的組合方式，我們不妨想像，「主題」（thème）乃是「論題」（thèse）（理想論述）的結構單元：此乃為發言行為所擺設、切斷、推動，但仍然是**意義可供使用的狀態**（在偶而成為它的化石之前）。

把價值轉變為理論

把「價值」轉變為「理論」（漫不經心地，我在我的卡
片上讀到：「痙攣」，這倒不錯）：戲仿柯姆斯基
（Chomsky）的說法，所有「價值」皆被**重寫**為理論。此一
轉變──這個痙攣──乃是一種能量（一種效能）：論述即
是由此一迻譯、此一想像之位移、此一托詞之創造而產生。
理論起源於價值（並非意謂價值較不穩固），然後成為一種
知性之物體，最後此一物體大肆運轉流通（由此和讀者的另
一**想像**互相交流）。

格　言

這本書有許多筆調很像在寫格言（**我們、大家、經常**）。
然而，格言乃是中人類天性的一種本質性概念受到瞭解，它
和古典的意識型態結合在一起：這是語言中最為高傲的一種
形式（而且常常也是最愚蠢的一種）。那麼，為什麼不加以
拒絕呢？理由一向總是基於情感因素：我寫格言（或說我草
繪了格言之動作）**乃為讓自己安心**：當憂煩突然來臨時，我
只能尋求比自己更超越的某些固定的東西，藉以緩和憂煩：
「**總之，事情總是如此**」：格言因而誕生。格言是一種**句子
─名稱**，為事物定名，緩和憂煩。這裡仍還有一句格言：格

言可以緩和我在寫格言時顯得不合時宜的害怕。

　　（X 打電話來：報告他渡假的事情，但卻不詢問我的渡假事宜，好像這兩個月來我都沒有動似的。我倒沒覺得他有任何冷漠，毋寧是一種防衛的昭示：**我不在的地方，這個世界停止不動**：安全極了。格言的固定不動正是如此，可以安定瘋狂的組織。）

總體性的怪物

　　「我們想像（如果可能）一個女人披著一件無限的衣服，而這件衣服乃是由所有時裝雜誌的話語所構成……（《流行體系》，53 頁）這種想像顯然是一種方法學的運作，因為這種想像只著重於語意分析的觀念操作（「無限的文本」），目標在於暗中揭露「總體性」的怪物（總體性即是怪物）。「總體性」既令人發笑又令人害怕：如同暴力，總體性不是一向都很突梯怪異的嗎（只可以為嘉年華會的美學中回收利用）？

　　另一種論述：8 月 6 日，在鄉下，這是一個晴朗天氣的早上：陽光、燠熱、花、平靜、安詳、光芒。沒有慾望，沒有侵略性，無一閒蕩。擺在我面前的，只有工作，好像是一種永恆的存在：一切都很圓滿。這可是「自然」，是嗎？一種失神……還有別的嗎？「總體性」？

　　——寫於 1973 年 8 月 6 日至 1974 年 9 月 3 日之間。

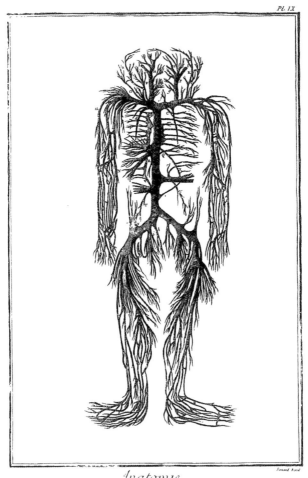

Anatomie

　　書寫身體，沒有皮膚，沒有肌肉，沒有骨頭，沒有神經，但剩下：像個毛茸茸的，鬆跨跨的愚笨小丑。

巴特生平年表❶

1915 年　　　　11 月 12 日生於法國雪堡（Cherbourg）。父親為海軍教
　　　　　　　官路‧巴特（Louis Barthes），母親為荷里耶特‧賓傑
　　　　　　　（Henriette Binger）。

1916 年　　　　10 月 26 日父親死於北海戰役之中。

1916-1924 年　在貝幼納（Bayonne）渡過童年。在這裡上小學。

1924 年　　　　定居巴黎。家住 Mazarine 街及 Jacques-Callot 街。從此
　　　　　　　以後，所有的寒暑假都在貝幼納的祖父母家渡過。

1924-1930 年　入蒙田中學，由小五讀到初三。

1930-1934 年　入路易十四（Louis-le-Grand）中學，由高一讀到高三。
　　　　　　　1933 及 1934 年參加高中會考。

1934 年　　　　5 月 10 日咯血。左肺發生病變。

1934-1935 年　在庇里牛斯山區的伯度（Bedous）療養。該城位於亞斯
　　　　　　　普（Aspe）山谷。

1935-1939 年　就讀索邦（Sorbonne）大學。進修古典文學學士學位。
　　　　　　　古典劇團創立。

1937 年　　　　免除兵役。夏天在匈牙利 Debreczen 任教。

1938 年　　　　與古典劇團同訪希臘。

1939-1940 年　任教於比亞利茲（Biarritz）高中。

1940-1941 年　任教於巴黎伏爾泰中學及卡諾中學。獲得高等研究文憑

❶　　詳細的生平請參見 Tel Quel 第 47 期，1971 年，「回應」（Reponses）專輯。

（主修希臘悲劇）。

1941 年　　　　10 月肺結核復發。

1942 年　　　　在學生療養院進行第一次長期療養。療養院位於 Isēre 省
　　　　　　　　的 Saint-Hilaire-du-Touvet。

1943 年　　　　在巴黎 Quatrefages 街的後療養中心休養復健。獲得學士
　　　　　　　　學位所須的最後一張證書（文法及古語言學）。

1943 年　　　　7 月肺病蔓延到右肺。

1943-1945 年　　在學生療養院進行第二次長期療養。進行靜默、傾斜等
　　　　　　　　療法。在療養院裏讀了數個月物理、化學、生物課程，
　　　　　　　　目的是想攻讀精神醫學。在療養期中，病情再度惡化。

1945-1946 年　　接著在瑞士大學療養院位於 Leysin 的亞歷山大診療所進
　　　　　　　　行療養。

1945 年　　　　10 月右胸外胸膜進行膜外人工氣胸手術。

1946-1947 年　　在巴黎休養。

1948-1949 年　　在布加勒斯特法國文化中心擔任圖書館助理，接著於該
　　　　　　　　單位任教。後來成為布加勒斯特大學講師。

1949-1950 年　　埃及亞歷山大港大學講師。

1950-1952 年　　任職於外交部文化處教學組。

1952-1954 年　　法國國家科學院（CNRS）研究實習（字彙學）。

1954-1955 年　　擔任 Arche 出版社文學顧問。

1955-1959 年　　法國國家科學院（CNRS）研究員（社會學）。

1960-1962 年　　高等實踐研究學院（Ecole pratique des hautes études）第
　　　　　　　　六部經濟與社會科學研究員。

1962 年　　　　高等實踐研究學院研究指導（符號、象徵及再現之社會
　　　　　　　　學）。

1976 年　　　　法國學苑（Collège de France）教授（文學記號學）。

（讀書、生病、任職：如此過了一生。其他還有什麼？相遇、友情、
愛情、旅行、閱讀、樂趣、恐懼、信仰、歡愉、幸福、義憤、難過：
一言以蔽之：一些反響聲？它們存在於文本之中──而不是作品之
中。）

1980 年 3 月 26 日羅蘭・巴特死於巴黎。

巴特作品書目（1942-1974）年

書籍

《寫作的零度》(*Le degré zero de l'écriture*)，Paris，Ed. du Seuil，" Pierres vives "，1953。本書的口袋本與〈符號學原理〉（*Elèments de sémiologie*）合刊，Paris, Gonthier，" Médiations "，1965；與《批評論文集續篇》（*Nouveaux essais critiques*）合刊，Paris，Ed. du Seuil，" Points "，1972。有德、義、瑞典、英、西、捷、荷、日、葡、卡泰隆等譯本。台北桂冠的中譯本出版於 1991 年。

《米西列自述》（*Michelet par lui-meme*），Paris，Ed. du Seuil，" Ecrivains de toujours "，1954。

《神話學》（*Mythologies*），Paris，Ed. du Seuil，" Pierres vives "，1957。口袋本有一篇新的自序，Paris，Ed. du Seuil，" Points "，1970。有義、德、波、英、葡等譯本。台北桂冠的中譯本初版於 1998 年。

《論拉辛》（*Sur Racine*），Paris，Ed. du Seuil，" Pierres vives "，1963。有英、義、羅馬尼亞等譯本。

《批評論文集》（*Essais critiques*），Paris，Ed. du Seuil，" Tel Quel "，1964。第六次再版時有一篇新的自序。有義、瑞典、西、德、塞爾比、日、英等譯本。

〈符號學原理〉（*Eléments de sémiologie*），與《寫作的零度》口袋本合刊，Paris, Gonthier，1965。有義、英、捷、荷、西、葡等譯本。台北桂冠的中譯本出版於 1991 年

《批評與真實》（*Critique et Vérité*），Paris，Ed. du Seuil，" Tel Quel "，1966。有義、德、卡泰隆、葡、西等譯本。台北桂冠的中譯本出版於 1998 年

《流行體系》（*Système de la Mode*），Paris，Ed. du Seuil，1967。有義大利文譯本。台北桂冠的中譯本初版於 1998 年。

《S /Z》（*S /Z*），Paris，Ed. du Seuil，" Tel Quel "，1970。有意、日、英等譯本。

《符號帝國》（*Empire des signes*），Genève，Skira，《Sentiers de la création》，1970。

《薩德、傅尼葉、羅耀拉》（*Sade, Fourier, Loyola*），Paris，Ed. du Seuil，" Tel Quel "，1971。有德文等譯本。

《上古修詞學》（*La Retorica antiqua*），Milan，Bompiani，1973（法文版刊於：*Communications*，16，1970）。

《批評論文集續篇》（*Nouveaux essais critiques*）與《寫作的零度》口袋本合刊，Paris，Ed. du Seuil，" Points "，1972。

《文本的歡愉》（*Le plaisir du texte*），Paris，Ed. du Seuil，" Tel Quel "，1973。有德文等譯本。

前言，短文，論文（註）

1942　《Notes sur André Gide et son Journal》, *Existences* (revue du Sanatorium des étudiants de France, Saint-Hilaire-du-Touvet).

1944　《En Grèce》, *Existences*. 《Réflexions sur le style de L'Étranger》, *Existences*.

1953　《Pouvoirs de la tragédie antique》, *Théâtre populaire*, 2.

註：這裡列出的只是部份選取的文章目錄。1973 年前完整的文章目錄見於：Stephen Heath, *Vertige du déplacement, lecture de Barthes,* Fayard, 《Digraphe》, 1974.

1954 《Pré-romans》, *France-Observateur*, 24 juin 1954.

《Théâtre capital》 (sur Brecht), *France-Observateur*, 8 juillet 1954.

1955 《Nekrassov juge de sa critique》, *Théâtre populaire*, 14.

1956 《À l'avant-garde de quel théâtre?》, *Théâtre populaire*, 18.

《*Aujourd'hui ou les Coréens*, de Michel Vinaver》, *France-Observateur*, 1er novembre 1956.

1960 《Le problème de la signification au cinéma》 et 《Les unités traumatiques au cinéma》, *Revue internationale de filmologie*, x, 32-33-34.

1961 《Pour une psychosociologie de l'alimentation contemporaine》, *Annales*, 5.

《Le message photographique》, *Communications*, I.

1962 《À propos de deux ouvrages de Cl. Lévi-Strauss: socilolgie et sociologique》, *Information sur les sciences sociales*, I, 4.

1964 《La Tour Eiffle》, in *La Tour Eiffel* (images d'André Martin), Paris, Delpire, 《Le génie du lieu》, 1964.

《Rhétorique de l'image》, *Communications*, 4.

1965 《Le théâtre grec》, in *Histoire des spectacles*, Paris, Gallimard, 《Encyclopédie de la Pléiade》, p. 513-536.

1966 《Les vies parallèles》 (sur le *Proust* de G. Painter), *La Quinzaine littéraire*, mars 1996.

《Introduction à l'analyse structurale des récits》, *Communications*, 8.

1967 Préface à *Verdure* d'Antoine Gallien, Paris, Éd. du Seuil, 《Écrire》 1967.

《Plaisir au langage》(sur Severo Sarduy), *La Quinzaine littéraire*, 15 mai 1967.

1968　《Drame, poème, roman》(sur *Drame* de Ph. Sollers), in *Théorie d'ensemble*, Paris, Éd. du Seuil, 1968.

《L'effet de réel》, *Communications*, II.

《La mort de l'auteur》, *Mantéia*, V.

《La peinture est-elle un langage?》;(Sur J.-L. Schefer), *la Quinzaine littéraire*, 15 mars 1968.

1969　《Un cas de critique culturelle》(sur les Hippies), *Communications*, 14.

1970　《Ce qu'il advient au signifiant》, préface à *Eden, Eden, Eden*, de Pierre Guyotat, Paris, Gallimard, 1970.

Préface à *Erté* (en italien), Parme, Franco-Maria Ricci, 1970 (version française en 1973).

《*Musica practica*》(sur Beethoven), *L'Arc*, 40.

《L'Étrangère》(sur Julia Kristeva), *La Quinzaine littéraire*, 1ᵉʳ mai 1970.

《L'esprit et la lettre》(sur *La Lettre et l'Image*, de Massin), *La Quinzaine littéraire*, 1ᵉʳ juin 1970.

《Le troisième sens, notes de recherche sur quelques photogrammes de S. M. Eisenstein》, *Cahiers du Cinéma*, 222.

《L'ancienne Rhétorique, aide-mémoire》, *Communications*, 16.

1971　《Style and its image》, in *Literary Style: a symposium*, éd. S. Chatman, Londres et New York, Oxford University Press, 1971.

《Digressions》, *Promesses*, 29.

1971　《De l'œuvre au texte》, *Revue d'esthétique*, 3.

　　　　《Écrivains, intellectuels, professeurs》, *Tel Quel*, 47.

　　　　《Réponses》, *Tel Quel*, 47

　　　　《Languages at war in a culture at peace》, *Times literary Supplement*, 8 octobre 1971.

1972　《Le grain de la voix》, *Musique en jeu*, 9.

1973　《Théorie du Texte》 (article 《Texte》), *Encyclopaedia Universalis*, tome XV.

　　　　《Les sorties du texte》, in *Bataille*, Paris, UGE, coll. 《10/18》, 1973.

　　　　《Diderot, Brecht, Eisenstein》, in *Cinéma, Théorie, Lectures* (numéro spécial de la *Revue d'esthétique*), Paris, Klincksieck.

　　　　《Saussure, le signe, la démocratie》, *Le Discours social*, 3-4.

　　　　《Réquichot et son corps》, in *L'Œuvre de Bernard Réquichot*, Bruxelles, Éd. de la Connaissance, 1973.

　　　　《Aujourd'hui, Michelet》, *L'Arc*, 2.

　　　　《Par-dessus l'épaule》 (sur *H* de Ph. Sollers), *Critique*, 318.

　　　　《Comment travaillent les écrivains》 (interview), *Le Monde*, 27 septembre 1973.

1974　《Premier texte》 (pastiche du *Criton*), *l'Arc*, 56.

　　　　《Au séminaire》, *L'Arc*, 56.

　　　　《Alors la Chine》, *Le Monde*, 24 mai 1974.

討論巴特的專書和期刊專號

MALLAC (Guy de) et EBERBACH (Margaret), *Barthes*, Paris, Éditions universitaires, 《Psychothèque》, 1971.

CALVET (Louis-Jean), *Raland Barthes, un regard politique sur le signe*, Paris, Payot, 1973.

HEATH (Stephen), *Vertige du déplacement, lecture de Barthes*, Paris, Fayard, 《Digraphe》, 1974.

Numéro spécial de la revue *Tel Quel*, 47, automne 1971.

Numéro spécial de la revue *L'Arc*, 56, 1974.

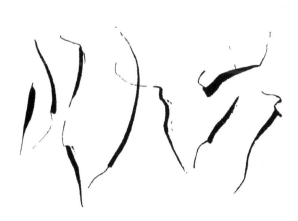

不為什麼的塗鴉……

巴特作品書目：1975-1995 年

書籍

《S／Z》（S／Z），Paris，Ed. du Seuil，《Points Essais》，1976。

《戀人絮語》（*Fragments d'un discours amoureux*），Paris，Ed. du Seuil，《Tel Quel》，1977。台北冠桂中文版出版於 1994 年 4 月。

《作家索雷斯》（*Sollers Ecrivain*），Paris，Ed. du Seuil，1979。

《論拉辛》（*Sur Racine*），Paris，Ed. du Seuil，" Points Essais "，1979。

《薩德、傅尼葉、羅耀拉》（*Sade, Fourier, Loyola*），Paris，Ed. du Seuil，" Points Essais"，1980。

《論文學》（*Sur la littérature*）（與 Maurice Nadeau 合作），Grenoble，PUG，1980。

《批評論文集》（*Essais critiques*），Paris，Ed. du Seuil，" Points Essais "，1981。

《聲音的質地，1962-1980 年訪談錄》（*Le Grain de la voix*, Entretiens 1962-1980），Paris，Ed. du Seuil，1981。

《批評論文集三：顯義與鈍義》（*Essais critiques, t. 3*, L'Obvie et l'Obtus），Paris，Ed. du Seuil，" Tel Quel "，1982，" Points Essais "，1992。

《流行體系》（*Système de la Mode*），Paris，Ed. du Seuil，" Points Essais "，1983。

《批評論文集四：語言的輕微顫動聲》（*Essais critiques*, t. 4, Bruissement

de la langue），Paris，Ed. du Seuil，1984，" Points Essais "，1993。

《記號學的冒險遊歷》（*L'Aventure sémiologique*），Paris，Ed. du Se-
uil，1985，" Points Essais "，1991。

《偶發事件》（*Incidents*），Paris，Ed. du Seuil，1987。

《明室》（*La Chambre claire*），Paris，Ed. Gallimard/Seuil/，（中譯本
出版於 1995 年，台灣攝影）（*Cahiers du cinema*），1989。（許綺玲
譯）（譯按此書初版於 1980 年）

《米西列》（*Michelet*），Paris，Ed. du Seuil， " Points litterature "，
1988， " Ecrivains de toujours "，1995。

《艾菲爾鐵塔》（*La Tour Eiffel*），André Martin 攝影，Paris，Ed. du
Seuil/Centre national de la photographie，1989。

《講座首課》（*Leçon*），Paris，Ed. du Seuil，" Points Essais "，1989。

《巴特全集》：卷一：1942-1965，Paris，Ed. du Seuil，1993；卷二：
1966-1973，Paris，Ed. du Seuil，1994；卷 三：1974-1980，Paris，Ed.
du Seuil，1995。

前言、短文、文章（見下列書目）

1982　Thierry Leguay dans le numére spécial de *Communications*, n°36,
　　　Éd. du Seuil, 4ᵉ trimestre 1982.

1983　Sanford Freedman et Carole Anne Taylor: *Roland Barthes, a biblio-
　　　graphical reader's guide*, New York and London, Garland publish-
　　　ing, Inc.

討論巴特的期刊專號、展覽、研討會論文集

Barthes après Barthes, une actualité en questions, actes du colloque internati onal de Pau, textes réunis par Catherine Coquio et Régis Salado, Publications de l'université de Pau, 1993.

Les Cahiers de la photographie,《Roland Barthes et la photo: le pire des signes》, Éd. Contrejour, 1990.

Critique, n°423-424, Éd. de Minuit, août, septembre 1982.

L'Esprit créateur, n°22, printemps 1982.

Lectures, n°6,《Le fascicule barthésien》, Dedalo libri, Bari, septembre-décembre 1980.

Magazine littéraire, n°97, février 1975 et n°314, octobre 1993.

Mitologie di Rloand Barthes, actes du colloque de Reggio Emilia, édités par Paolo Fabbri et Isabella Pezzini, Pratiche editrice, Parme, 1986.

Poétique, n°47, Éd. du Seuil, septembre 1981.

Prétexte: Roland Barthes, actes du colloque de Cerisy, dirigé par Antoine Compagnon, UGE, coll.《10/18》, 1978.

La Recherche photographique, juin 1992, n°12, Éd. Maison européenne de la photographie, Université Paris VIII.

La Règle du jeu, n°1,《Pour Roland Barthes》, mai 1990.

Revue d'esthétique, nouvelle série, n°2, Éd. Privat, 1981.

Roland Barthes, le texte et l'image, catalogue de l'exposition du Pavillon des Arts, 7 mai-3 août 1986.

Textuel, n°15, université de Paris-VII, 1984.

以巴特爲主題的專書

BENSMAïA, Réda, *Barthes à l'essai, introduction au texte réfléchissant,* Gunter Narr Verlag, Tübingen, 1986.

BOUGHALI, Mohamed, *L'Érotique du langage chez Roland Barthes,* Casablanca, Afrique-Orient, 1986.

CALVET, Jean-Louis, *Roland Barthes*, Éd. Flammarion, 1990.

COMMENT, Bernard, *Roland Barthes, vers le neutre*, Éd. Christian Bourgo-
is, 1991.

DE LA CROIX, Arnaud, *Pour une éthique du signe*, Éd. De Boeck, Bruxelles,
1987.

CULLER, Jonathan, *Barthes*, Oxford University Press, New York, 1983.

DELORD, Jean, *Roland Barthes et la Photographie*, Créatis, 1980.

FAGÈS, Jean-Baptiste, *Comprendre Roland Barthes*, Éd. Privat, 1979.

JOUVE, Vincent, *La Littérature selon Barthes*, Éd. de Minuit, coll. 《Argu-
ments》, 1986.

LAVERS, Annette, *Structuralisme and after*, Harvard University Press, Cam-
bridge, 1982.

LOMBARDO, Patrizia, *Three Paradoxes of Roland Barthes*, Georgia Univer-
sity Press, 1989.

LUND, Steffen Nordhal, *L'Aventure du signifiant. Une lecture de Barthes*,
PUF, 1981.

MAURIÈS, Patrick, *Roland Barthes*, Éd. Le Promeneur, 1982.

MELKONIAN, Martin, *Le Corps couché de Roland Barthes*, Éd. Librairie
Séguier, 1989.

MORTIMER, Armin Kotin, *The Gentlest law, Roland Barthes's The pleasure
of the text*, New York, Peter Lang, Inc., 1989.

Patrizi, Giorgio, *Roland Barthes o le peripezie della semiologia*, Instituto della enciclopedia italiana, Biblioteca biograhca, Rome, 1977.

Robbe-Grillet, Alain, *Pourquoi j'aime Barthes*, Ed. Christian Bourgois, 1978.

Roger, Philippe, *Roland Barthes*, roman, Ed. Grasset, coll,《Figures》,1986, rééd. livre de poche《Biblio-Essais》,1990.

Sontag, Susan, *L'Ecrutyre méne: a propos de Roland Barthes*, Ed. Christian Bourgois, 1982

Thody, Philippe, *Roland Barthes: a Conservative Estimate*, The Macmillan Press Ltd, Londres et Basingstoke, 1977.

Ungar, Steven, *Roland Barthes, the professor of desire*, University of Nebraska Press, Lincoln et LondRES, 1983.

Wasserman, George R., *Roland Barthes*, Twayne, Boston, 1981.

法文版編者説明：

　　目前這個版本忠實地複製了 1975 年的版本，也就是巴特為《永恒的作家》系列構想本書時所意願的樣態。我們只是補充了書目，而部份原來只是以黑白印刷的文件（尤其是作者的素描）則以原作的彩色複製取代。

索　引

引用書目代號表

書　籍

CV *Critique et Vérité*, 《批評與真實》 1966

DZ *Le Degré zéro de l'écriture*, 《寫作的零度》 éd. 1972

EC *Essais critiques*, 《批評論文集》 1964

EpS *L'Empire des signes*, 《符號帝國》 1971

Mi *Michelet par lui-même*, 《米西列自述》 1954

My *Mythologies*, 《神話學》 éd. 1970

NEC *Nouveaux Essais critiques*, 《批評論文集續》 éd. 1972

PlT *Le Plaisir du Texte*, 《文本的歡愉》 1973

SFL *Sade, Fourier, Loyola*, 《薩德、傅尼葉、羅耀拉》 1971

SM *Système de la Mode*, 《流行體系》 1967

SR *Sur Racine*, 《論拉辛》 1963

S/Z, *S/Z*, 1970

前言・短文・論文

Er Erté, 1970

Re Réquichot, 1973

SI 《Style and its Image》, 1971

ST 《Les sorties du texte》, 1973

TE 《La Tour Eiffel》, 1964

1942 《Notes sur André Gide et son Journal》

1944 《En Grèce》

1953 《Pouvoirs de la tragédie antique》

1954 《Pré-romans》

1956 《*Aujourd'hui ou les Coréens*》

1962 《À propos de deux ouvrages de Cl. Levi-Strauss》

1968, I 《La mort de l'auteur》

1968, II 《La peintur est-elle un langage?》

1969 《Un cas de critique culturelle》

1970, I　《L'esprit et la lettre》

1970, II　《L'ancienne rhétorique》

1971, I　《Digressions》

1971, II　《Réponses》

1973　《Aujourd'hui, Michelet》

1974　《Premier texte》

⋯ou le signifiant sans signifié.

附圖説明

敘述者的母親，攝於 Biscarosse，Landes，約 1932 年，3－巴特作，
《Juan-les-Pins 的回憶》，1974 年夏，4－貝幼納，新港街或是 Arceaux
街（Roger-Viollet 攝），6－與母親合照，貝幼納，馬哈克，約 1923
年，9－貝幼納（明信片，Jacques Azanza 收藏），10-11－祖父家，
在貝幼納之 allées Paulmy，13－在祖父家中庭園所攝的童年相片，14
－敘述者的祖母，15－賓傑（Binger）上尉像（石版）。拉胡斯（La-
rousse）字典上記載：「賓傑，路易-居斯塔夫，法國軍官及行政官，
生於斯特拉斯堡，死於亞當島〈1856-1936〉。他曾在尼傑河套及幾內
海灣和象牙海岸一帶探險。」，16－列昂‧巴特，17－柏斯及列昂
‧巴特，他們的女兒阿莉斯，19－Noemi Revelin，19－阿莉斯‧巴
特，20－路易‧巴特，21－1925 年左右貝幼納的 allées Paulmy（明
信片），22－貝幼納的海濱道（明信片），23－列昂‧巴特對他伯
伯所寫的借據，24－曾祖父母和他們的子女們，25－路易‧巴特和
他的母親，攝於貝幼納；敘述者的母親和弟弟，攝於巴黎 S 街，26－
1916 年攝於雪堡，27－在 Ciboure 的一道小沙灘上，沙灘今天已經消
失了，約 1918 年，28－攝於貝幼納、馬哈克，約 1919 年，29－攝
於貝幼納、馬哈克，約 1923 年，30－東京，1966；米蘭，約 1968 年
（Carla Cerati 攝），31－U 之宅（Myriam de Ravignan 攝），32－與
母親和弟弟攝於 Biscarosse，Landes，約 1932 年，33－攝於 Biscaros-
se，Landes，約 1932 年，34－1974 年攝於巴黎（Daniel Boudinet
攝），35－1929 年攝於 Hendaye，36－1932 年，走出路易十四中

學，和兩位同學行走於聖米榭大道上，37 － 高一的作業，1933 年，38 － 1936 年古典劇團學生在索邦大學中庭演出《波斯人》，39 － 1937 年，攝於布龍森林，40 － 學生療養院（1942-1945）中的體溫表，41 － 1942 年攝於療養院；1970 年所攝（Jerry Bauer 攝），43 － 1972 年攝於巴黎，44 － 1972 年攝於巴黎；1974 年夏攝於 Juan-les-Pins，Daniel Cordier 宅中（Youssef Baccouche 攝），45 － 摩洛哥的棕櫚樹（Alain Benchaya 攝），46 － 巴黎，1974 年（Daniel Boudinet 攝），48 － 1939 年巴特為 Charles d'Orleans 之詩所配的音樂，68 － 巴特的工作卡片，93 － 巴特，顏色的印記，1971 年作，110 － 巴特，一份片簡的手稿，126 － 巴特，顏色的印記，1972 年作，143 － 1974 年 10 月 12-13 日《國際前鋒論壇報》，163 － Maurice Henri 所作的漫畫：傅柯、拉岡、李維-史陀、巴特（原刊《文學雙週》），186 － 1972 年初級中學教師資格競試，現代文學試題（女）：競試評審團報告，200 － 巴特，卡片，208 － 高等社會科學研究學院中研討課，1974（Daniel Boudinet 攝），220 － 狄德羅編《百科全書》：解剖學：成人腔靜脈解剖圖，232 － 巴特，水墨，1971 年作，241 － 巴特，書寫痕跡，1972 年作，254。

圖片編輯：F. Duffort

除了特別說明的圖片之外，文件皆為作者所擁有。

Et après ?

— Quoi écrire, maintenant ? Pourrez-
vous encore écrire quelque chose ?
— On écrit avec son désir, et je
n'en finis pas de désirer.

—現在要寫些什麼？您還能寫些什麼？

—我們以慾望書寫，而我仍不斷地慾望著書寫。

羅 蘭 巴特（Roland Barthes, 1915-1980）是沙特之後，當代最具影響
力的思想大師；也是蒙田之後，最富才華的散文家。他在符號學、解
構學、結構主義與解構主義的思想領域，都有極為傑出的貢獻，與傅
柯、李維史陀並稱於世。巴特不僅擅長以其獨具的秀異文筆，為讀者
尋回「閱讀的歡悅」，並將「流行」、「時尚」等大眾語言，融入當
代的文化主流，為現代人開啓了21世紀的認知視窗。1980年2月，一個
午後，巴特在穿越法蘭西學院校門前的大街時，不幸因車禍猝死-----

羅蘭巴特及其著作

《桂冠新知系列叢書》系統論述當代人文、社會科學知識領域的重要理論成果，力求透過深入淺出的文字，介紹當代人文、社會科學領域中，最有影響力的思想家、理論家、文學家的作品與思想；從整體上構成一部完整的知識百科全書，為社會各界提供最寬廣而有系統的讀物。《桂冠新知系列叢書》不僅是您理解時代脈動，透析大師性靈，拓展思維向度的視窗，更是每一個現代人必備的知識語言。

編號	書名	作者／譯者	定價
08500B	馬斯洛	馬斯洛著／莊耀嘉編譯	200元
08501B	皮亞傑	鮑定著／楊俐容譯	200元
08502B	人論	卡西勒著／甘陽譯	300元
08503B	戀人絮語	羅蘭巴特著／汪耀進等譯	250元
08504B	種族與族類	雷克斯著／顧駿譯	200元
08505B	地位	特納著／慧民譯	200元●
08506B	自由主義	格雷著／傅鏗等譯	150元●
08507B	財產	賴恩著／顧蓓曄譯	150元
08508B	公民資格	巴巴利特著／談谷錚譯	150元
08509B	意識形態	麥克里蘭著／施忠連譯	150元●
08511B	傅柯	梅奎爾著／陳瑞麟譯	250元●
08512B	佛洛依德自傳	佛洛依德著／游乾桂譯	100元
08513B	瓊斯基	格林著／方立等譯	150元
08514B	葛蘭西	約爾著／石智青譯	150元●
08515B	阿多諾	馬丁.傑著／李健鴻譯	150元●
08516B	羅蘭·巴特	卡勒著／方謙譯	150元●
08518B	政治人	李普塞著／張明貴譯	250元
08519B	法蘭克福學派	巴托莫爾著／廖仁義譯	150元
08521B	曼海姆	卡特勒等著／蔡采秀譯	250元
08522B	派森思	漢彌爾頓著／蔡明璋譯	200元●
08523B	神話學	羅蘭巴特著／許薔薔等譯	250元
08524B	社會科學的本質	荷曼斯著／楊念祖譯	150元●
08525B	菊花與劍	潘乃德著／黃道琳譯	300元
08527B	胡賽爾與現象學	畢普塞維著／廖仁義譯	300元●
08529B	科學哲學與實驗	海金著／蕭明慧譯	300元
08531B	科學的進步與問題	勞登著／陳衛平譯	250元
08532B	科學方法新論	高斯坦夫婦著／李執中等譯	350元
08533B	保守主義	尼斯貝著／邱辛曄譯	150元
08534B	科層制	比瑟姆著／鄭樂平譯	150元
08535B	民主制	阿博拉斯特著／胡建平譯	150元
08536B	社會主義	克里克著／蔡鵬鴻等譯	150元
08537B	流行體系（一）	羅蘭巴特著／敖軍譯	300元
08538B	流行體系（二）	羅蘭巴特著／敖軍譯	150元

※訂購圖書價格後有●符號的書，請先來電(037)832-001確認是否尚有存書。

08539B	論韋伯	雅思培著／魯燕萍譯	150元
08540B	禪與中國	柳田聖山著／毛丹青譯	150元
08541B	禪學入門	鈴木大拙著／謝思煒譯	150元
08542B	禪與日本文化	鈴木大拙著／陶剛譯	150元
08543B	禪與西方思想	阿部正雄著／王雷泉等譯	300元
08544B	文學結構主義	休斯著／劉豫譯	200元●
08545B	梅洛龐蒂	施密特著／尙新建等譯	200元
08546B	盧卡奇	里希特海姆著／王少軍等譯	150元
08547B	理念的人	柯塞著／郭方等譯	400元●
08548B	醫學人類學	福斯特等著／陳華譯	450元
08549B	謠言	卡普費雷著／鄭若麟等譯	300元
08550B	傅柯：超越結構主義與詮釋學	德雷福斯著／錢俊譯	400元
08552B	咫尺天涯：李維史陀訪問錄	葉希邦著／廖仁義譯	300元
08553B	基督教倫理學闡釋	尼布爾著／關勝瑜等譯	200元
08554B	詮釋學	帕瑪著／嚴平譯	350元
08555B	自由	鮑曼著／楚東平譯	150元
08557B	政治哲學	傑拉爾德著／李少軍等譯	300元
08558B	意識型態與現代政治	恩格爾著／張明貴譯	300元
08561B	金翅：傳統中國家庭的社會化過程	林耀華著／宋和譯	300元
08562B	寂寞的群眾：變化中的美國民族	黎士曼等著／蔡源煌譯	300元
08564B	李維史陀：結構主義之父	李區著／黃道琳譯	200元
08566B	猴子啓示錄	凱耶斯著／蔡伸章譯	150元●
08567B	菁英的興衰	帕累托等著／劉北成譯	150元
08568B	近代西方思想史	史壯柏格著／蔡伸章譯	700元●
08569B	第一個新興國家	李普塞著／范建年等譯	450元
08570B	國際關係的政治經濟分析	吉爾平著／楊宇光等譯	500元
08571B	女性主義實踐與後結構主義理論	維登著／白曉紅譯	250元
08572B	權力	丹尼斯.朗著／高湘澤等譯	400元
08573B	反文化	英格著／高丙仲譯	450元
08574B	純粹現象學通論	胡塞爾著／李幼蒸譯	700元●
08575B	分裂與統一：中、韓、德、越南	趙全勝編著	200元
08579B	電影觀賞	鄭泰丞著	200元
08580B	銀翅：金翅-1920 1990	莊孔韶著	450元
08581B	政治與經濟的整合	蕭全政著	200元
08582B	康德、費希特和青年黑格爾論	賴賢宗著	400元●
08583B	批評與眞實	羅蘭巴特著／溫晉儀譯	100元
08585B	布爾迪厄文化再製理論	邱天助著	250元
08587B	交換	戴維斯著／敖軍譯	150元
08588B	權利	弗利登著／孫嘉明等譯	250元

※本目錄圖書價格如有變動，概以版權頁定價爲準※

08589B	科學與歷史	狄博斯著／任定成等譯	200元
08590B	現代社會衝突	達倫道夫著／林榮遠譯	350元
08591B	中國啓蒙運動	舒衡哲著／劉京建譯	450元
08592B	科技，理性與自由	鄭泰丞著	200元
08593B	生態溝通	魯曼著／魯貴顯等譯	300元
08594B	S　Z	羅蘭巴特著／屠友祥譯	300元
08595B	新聞卸妝：布爾迪厄新聞場域理論	舒嘉興著	150元●
08596B	羅蘭巴特論羅蘭巴特	羅蘭巴特著／劉森堯譯	300元
08597B	性與理性（上）	理查.波斯納著／高忠義譯	350元●
08598B	性與理性（下）	理查.波斯納著／高忠義譯	350元●
08599B	詮釋學史	洪漢鼎著	350元
08601B	詮釋學經典文選（上）	哈柏瑪斯等著／洪漢鼎等譯	300元
08602B	詮釋學經典文選（下）	伽達默爾等著／洪漢鼎等譯	300元
08603B	電影城市	克拉克著／林心如等譯	500元
08604B	羅蘭巴特訪談錄	羅蘭巴特著／劉森堯譯	400元
08605B	全球資本主義的挑戰	吉爾平著／楊宇光等譯	400元
08606B	幻見的瘟疫	紀傑克著／朱立群譯	350元
08607B	神經質主體	紀傑克著／萬毓澤譯	500元
08608B	全球政治經濟	吉爾平著／陳怡仲等譯	450元
08609B	布勞代爾的史學解析	賴建誠著	200元
08610B	第三空間	索雅著／王志弘等譯	400元
08611B	失卻家園的人	托多洛夫著／許鈞等譯	200元
08612B	偶發事件	羅蘭巴特著／莫渝譯	200元
08613B	流行溝通	巴納爾著／鄭靜宜譯	250元
08614B	文化批判人類學	馬庫斯等著／林徐達譯	300元
08615B	心理分析與兒童醫學	朵爾托著／彭仁郁譯	300元
08616B	如何拍電影	夏布洛等著／繆詠華譯	100元
08617B	理性的儀式	崔時英著／張慧芝等譯	180元
08618B	援外的世界潮流	日本國際協力機構著／李明峻譯	250元
08619B	性別政治	愛嘉辛斯基著／吳靜宜譯	250元
08620B	現象學導論	德穆.莫倫著／蔡錚雲譯	600元
08621B	詩意的身體	賈克.樂寇著／馬照琪譯	360元
08622B	本質或裸體	余蓮著／林志明等譯	250元
08627B	此性非一	依瑞葛來著／李金梅譯	300元
08628B	複製、基因與不朽	哈里斯著／蔡甫昌等譯	400元
08629B	紀登斯：最後一位現代主義者	梅斯托維克著／黃維明譯	400元
P0001B	淡之頌	余蓮著／卓立譯	168元

※ 訂購圖書價格後有●符號的書，請先來電(037)832-001確認是否尚有存書。

《當代思潮》是由前中央研究院副院長楊國樞先生擔綱，結合數百位華文世界的人文與社會科學傑出專家、學者，為國人精選哲學、宗教、藝文、語言學、心理學、教育學、人類學、社會學、政治學、法律、經濟、傳播等知識領域中，影響當代人類思想最深遠的思想經典，不僅是國人心靈革命的張本，更是當代知識分子不可或缺的思考元素。

編號	書名	作者／譯者	價格
08701A	成為一個人	羅哲斯著／宋文里譯	500元
08702A	資本主義的文化矛盾	貝爾著／趙一凡等譯	400元
08703A	不平等的發展	阿敏著／高銛譯	400元
08704A	變革時代的人與社會	曼海姆著／劉凝譯	200元
08705A	單向度的人	馬庫塞著／劉繼譯	250元
08706A	後工業社會的來臨	貝爾著／高銛等譯	500元
08707A	性意識史：第一卷	傅柯著／尚衡譯	150元
08708A	哲學和自然之鏡	羅蒂著／李幼蒸譯	500元●
08709A	結構主義和符號學	艾柯等著／李幼蒸譯	300元●
08710A	批評的批評	托多洛夫著／王東亮等譯	250元
08711A	存在與時間	海德格著／王慶節等譯	400元
08712A	存在與虛無（上）	沙特著／陳宣良等譯	300元
08713A	存在與虛無（下）	沙特著／陳宣良等譯	350元
08714A	成文憲法的比較研究	馬爾賽文等著／陳雲生譯	350元
08715A	韋伯與現代政治理論	比瑟姆著／徐鴻賓等譯	300元
08716A	官僚政治與民主	哈利維著／吳友明譯	400元●
08717A	語言與神話	卡西勒著／于曉等譯	250元
08719A	社會世界的現象學	舒茲著／盧嵐蘭譯	400元
08721A	金枝：巫術與宗教之研究（上）	佛雷澤著／汪培基譯	450元
08722A	金枝：巫術與宗教之研究（下）	佛雷澤著／汪培基譯	450元
08723A	社會人類學方法	布朗著／夏建中譯	250元
08724A	我與你	布伯著／陳維剛譯	150元
08725A	寫作的零度	羅蘭巴特著／李幼蒸譯	300元
08726A	言語與現象	德希達著／劉北成等譯	300元
08727A	社會衝突的功能	科塞著／孫立平等譯	250元
08728A	政策制定過程	林布隆著／劉明德等譯	200元
08729A	合法化危機	哈柏瑪斯著／劉北成譯	250元
08730A	批判與知識的增長	拉卡托斯等著／周寄中譯	350元
08731A	心的概念	萊爾著／劉建榮譯	300元
08733A	政治生活的系統分析	伊斯頓著／王浦劬譯	450元
08734A	日常生活中的自我表演	高夫曼著／徐江敏等譯	350元
08735A	歷史的反思	巾克哈特著／施忠連譯	300元
08736A	惡的象徵	里克爾著／翁紹軍譯	400元●
08737A	廣闊的視野	李維史陀著／肖聿譯	400元
08738A	宗教生活的基本形式	涂爾幹著／芮傳明等譯	500元
08739A	立場	德希達著／楊恆達等譯	200元●
08740A	舒茲論文集（第一冊）	舒茲著／盧嵐蘭譯	350元

※訂購圖書價格後有●符號的書，請先來電(037)832-001確認是否尚有存書。

08741A 歐洲科學危機和超越現象學	胡塞爾著／張慶熊譯	150元
08742A 歷史的理念	柯林烏著／陳明福譯	350元
08743A 開放社會及其敵人（上）	巴柏著／莊文瑞等譯	500元
08744A 開放社會及其敵人（下）	巴柏著／莊文瑞等譯	500元
08745A 國家的神話	卡西勒著／范進等譯	350元
08746A 笛卡兒的沉思	胡塞爾著／張憲譯	200元
08748A 規訓與懲罰	傅柯著／劉北成等譯	400元
08749A 瘋顛與文明	傅柯著／劉北成等譯	300元
08750A 宗教社會學	韋伯著／劉援譯	400元●
08751A 人類本性與社會秩序	庫利著／包凡一等譯	300元
08752A 沒有失敗的學校	格拉塞著／唐曉杰譯	300元
08753A 非學校化社會	伊利奇著／吳康寧譯	150元
08754A 文憑社會	柯林斯著／劉慧珍等譯	350元
08755A 教育的語言	謝富勒著／林逢祺譯	150元
08756A 教育的目的	懷德海著／吳志宏譯	200元
08757A 民主社會中教育的衝突	赫欽斯著／陸有銓譯	100元
08758A 認同社會	格拉瑟著／傅宏譯	250元
08759A 教師與階級	哈利斯著／唐宗清譯	250元
08760A 面臨抉擇的教育	馬里坦著／高旭平譯	150元
08761A 蒙特梭利幼兒教育手冊	蒙特梭利著／李季湄譯	150元
08762A 蒙特梭利教學法	蒙特梭利著／周欣譯	350元●
08763A 世界的邏輯結構	卡納普著／蔡坤鴻譯	400元●
08764A 小說的興起	瓦特著／魯燕萍譯	400元
08765A 政治與市場	林布隆著／王逸舟譯	500元
08766A 吸收性心智	蒙特梭利著／王堅紅譯	300元
08767A 博學的女人	德拉蒙特著／錢撲譯	400元
08768A 原始社會的犯罪與習俗	馬凌諾斯基著／夏建中譯	150元
08769A 信仰的動力	田立克著／魯燕萍譯	150元
08770A 語言、社會和同一性	愛德華滋著／蘇宜青譯	350元●
08771A 權力菁英	米爾斯著／王逸舟譯	500元
08772A 民主的模式	赫爾德著／李少軍等譯	500元
08773A 哲學研究	維根斯坦著／尚志英譯	350元
08774A 詮釋的衝突	里克爾著／林宏濤譯	500元●
08775A 女人、火與危險事物（上）	萊科夫著／梁玉玲等譯	450元
08776A 女人、火與危險事物（下）	萊科夫著／梁玉玲等譯	450元
08777A 心靈、自我與社會	米德著／胡榮譯	450元
08778A 社會權力的來源（上）	麥可.曼著／李少軍等譯	300元
08779A 社會權力的來源（下）	麥可.曼著／李少軍等譯	300元
08780A 封建社會（Ⅰ）	布洛克著／談谷錚譯	400元
08781A 封建社會（Ⅱ）	布洛克著／談谷錚譯	300元
08783A 民主與資本主義	鮑爾斯等著／韓水法譯	350元
08784A 資本主義與社會民主	普熱沃斯基著／張虹譯	350元

※本目錄圖書價格如有變動，概以版權頁定價為準※

08785A 國家與政治理論	卡諾伊著／杜麗燕等譯	400元
08786A 社會學習理論	班德拉著／周曉虹譯	300元
08787A 西藏的宗教	圖奇著／劉瑩譯	300元
08788A 宗教的創生	懷德海著／蔡坤鴻譯	100元
08789A 宗教心理學	斯塔伯克著／楊宜音譯	450元
08790A 感覺和所感覺的事物	奧斯汀著／陳瑞麟譯	200元●
08791A 制約反射	巴夫洛夫著／閻坤譯	500元●
08793A 近代世界體系(第一卷)	華勒斯坦著／郭方等譯	600元
08794A 近代世界體系(第二卷)	華勒斯坦著／郭方等譯	600元
08795A 近代世界體系(第三卷)	華勒斯坦著／郭方等譯	600元
08796A 正義論	羅爾斯著／李少軍等譯	600元
08797A 政治過程：政治利益與輿論(I)	杜魯門著／張炳九譯	350元
08798A 政治過程：政治利益與輿論(II)	杜魯門著／張炳九譯	350元
08799A 國家與社會革命	斯科克波著／劉北城譯	500元
08800A 韋伯:思想與學說	本迪克斯著／劉北城等譯	600元
08801A 批評的西方哲學史(上)	奧康諾著／洪漢鼎等譯	600元
08802A 批評的西方哲學史(中)	奧康諾著／洪漢鼎等譯	600元
08803A 批評的西方哲學史(下)	奧康諾著／洪漢鼎等譯	600元
08804A 控制革命：資訊社會的技術和經濟起源(上)	貝尼格著／俞灝敏等譯	300元●
08805A 控制革命：資訊社會的技術和經濟起源(下)	貝尼格著／俞灝敏等譯	400元●
08808A 精神分析引論新講	佛洛依德著／吳康譯	250元
08809A 民主與市場	普熱沃斯基著／張光等譯	350元
08810A 社會生活中的交換與權力	布勞著／孫非等譯	450元
08812A 心理類型(上)	榮格著／吳康等譯	400元
08813A 心理類型(下)	榮格著／吳康等譯	400元
08814A 他者的單語主義	德希達著／張正平譯	150元
08815A 聖與俗	伊利亞德著／楊素娥譯	350元
08816A 絕對主義國家的系譜	安德森著／劉北成等譯	600元
08817A 民主類型	李帕特著／高德源譯	450元
08818A 知識份子與當權者	希爾斯著／傅鏗等譯	450元
08819A 恐怖的力量	克莉斯蒂娃著／彭仁郁譯	300元●
08820A 論色彩	維根斯坦著／蔡政宏譯	150元●
08821A 解構共同體	尚呂克.儂曦著／蘇哲安譯	150元
08822A 選舉制度與政黨體系	李帕特著／張慧芝譯	250元
08823A 多元社會的民主	李帕特著／張慧芝譯	250元
08824A 性政治	米利特著／宋文偉譯	450元
08837A 胡塞爾幾何學的起源導引	德希達著／錢捷譯	250元●
08838A 意識型態與烏托邦	曼海姆著／張明貴譯	350元
08839A 性別惑亂－女性主義與身分顛覆	巴特勒著／林郁庭譯	350元
08840A 物體世界－羅蘭巴特評論集(一)	羅蘭巴特著／陳志敏譯	250元
08841A 符號的想像－羅蘭巴特評論集(二)	羅蘭巴特著／陳志敏譯	250元
08842A 傾斜觀看	紀傑克著／蔡淑惠譯	350元

※ 訂購圖書價格後有●符號的書，請先來電(037)832-001確認是否尚有存書。

國家圖書館出版品預行編目資料

羅蘭巴特論羅蘭巴特／羅蘭巴特（Roland
Barthes,1915~1980）著；劉森堯譯／林志明
校閱 -- 初版. --臺北市：桂冠 2002 [民 91]

面； 公分. --

譯自： *Roland Barthes Par Roland Barthes*
ISBN 957-730-379-X （平裝）

1.巴特（Roland Barthes,1915~1980）- 傳記

2.語義學／文學理論

801.6/810.8　　　　　　91005807

羅蘭巴特論羅蘭巴特
Roland Barthes Par Roland Barthes

著者──羅蘭巴特（Roland Barthes,1915~1980）
譯者──劉森堯
校閱──林志明
責任編輯──林良雅
出版者──桂冠圖書股份有限公司
地址──106 台北市新生南路三段 96-4 號
電話──02-22193338　02-23631407
購書專線──02-22186492
傳真──02-22182859˙60
郵政劃撥──0104579-2　桂冠圖書股份有限公司
印刷廠──海王印刷廠
裝訂廠──欣亞裝訂公司
初版一刷──2002 年 5 月
網址──www.laureate.com.tw
E-mail── laureate@ laureate.com.tw

Copyright © Editions du Seuil，1975 et 1995
Chinese Copyright © Laureate Book Ltd. 2002　All Rights Reserved.